曼陀罗悬疑馆

给您最好看的原创悬疑小说

雾锂

姜钦峰 / 著

贵州出版集团
贵州人民出版社

图书在版编目（CIP）数据

雾埋 / 姜钦峰著． -- 贵阳：贵州人民出版社，
2020.6
ISBN 978-7-221-16013-3

Ⅰ．①雾… Ⅱ．①姜… Ⅲ．①长篇小说 - 中国 - 当代
Ⅳ．① I247.5

中国版本图书馆 CIP 数据核字（2020）第 094314 号

雾埋

WUMAI

姜钦峰 / 著

总 策 划	陈继光
责任编辑	马文博　杨　悦
装帧设计	陈译歆
封面设计	源画设计
出版发行	贵州人民出版社有限公司（贵阳市观山湖区会展东路 SOHO 办公区 A 座）
印　　刷	长沙鸿发印务实业有限公司（长沙市黄花工业园 3 号）
版　　次	2020 年 6 月第 1 版
印　　次	2020 年 6 月第 1 次
印　　张	15
字　　数	200 千字
开　　本	710mm × 1000mm　　1/16
书　　号	ISBN 978-7-221-16013-3
定　　价	40.00 元

人物简介

丁 冲

性别：男
年龄：27 岁

职业： 网络记者，外号“快男”

擅长： 有照相机般的记忆力

经历： 因四年前女友被杀，造成心理创伤，不敢漏接任何电话。一天深夜，他接到一个奇怪的电话，联系上了另一个时空的夏小满，二人通过手机开始了跨时空交往。丁冲得知夏小满将在一个月后死于一起密室谋杀案，他奋不顾身地调查真相，决心赶在案发前找出真凶。

夏小满

性别：女
年龄：24 岁

职业： 新锐悬疑作家、魔术爱好者

经历： 为搜集写作素材，她着手调查一宗十年前的枪击案，不料被卷入案件之中。谋杀案即将再次发生，夏小满却不知危险将至。

高　更
性别：男
年龄：27岁

职业：中学物理教师

经历：丁冲的同学。英年早婚，重情义，爱吹牛，对平行宇宙理论深信不疑。

田卫国
性别：男
年龄：52岁

职业：派出所老民警

经历：性格沉稳，办案经验丰富，曾是刑警大队长，十年前，受“枪击案”牵连被撤职。

田卫琴
性别：女
年龄：38岁

职业：中学教师

经历：田卫国的妹妹，宋凯的前妻。因出轨引发“枪击案”，离婚后独自带着儿子生活。

宋　凯
性别：男
年龄：39岁

职业：警校毕业，曾在警队当辅警

经历：田卫琴的前夫。内心自卑，性格暴躁。十年前，被指控枪杀妻子的情人罗志文，被判刑十年。刑满出狱后，他坚称自己没有杀人，到处寻找罗志文，想为自己洗脱罪名。

陈　川
性别：男
年龄：42岁

职业：刑警

经历：离异，曾是田卫国的部下。参与了十年前的“枪击案”调查，也是“鹦鹉山密室杀人案”的主办刑警，他发现这两起案件可能存在关联。

目录 CONTENTS

1. 窗外有人

雨，下了一天一夜，丝毫没有停歇的迹象。

夏小满坐在橡木书桌前，目光紧盯着笔记本电脑屏幕，十指在键盘上灵活地跳跃。文字顺着指尖肆意流淌着，一如窗外汩汩的雨水。

二十四岁的夏小满出道五年，已是小有名气的悬疑小说作家。在每本书的腰封上，她的名字都被包装成“悬疑小天后”，牛皮确实吹得有点大。每次看到那五个字，她的心里就虚得很，仿佛在大庭广众之下撒了个弥天大谎。但为了配合营销宣传，也只好厚着脸皮认了。

手头上正在写的是她的第五部小说，开局不利。这一次，她没有得到缪斯女神的祝福，灵感迟迟不来，倒像是中了西西弗斯的魔咒，开头写了三稿都作废了，一次又一次地被迫推倒重来。

白天，谷健又打来电话，催问写作进度。

谷健是北京一家文化公司的老总，一个白白胖胖的中年大叔，宽厚仁慈，夏小满习惯叫他谷哥。每次打电话，谷健总是先聊聊天气，再谈谈最新的电影，然后若无其事地进入正题。

“小满，小说写得怎样了？”

“开局不错，进展顺利。”

“那就好，等着拜读你的新作呢。”

“谷哥，您放心，保证按时完成任务！”

即使是对着手机说话，夏小满还是感觉脸上火辣辣的，像一个没写完暑假作业被迫要欺骗老师的小学生。她有点小小的后悔，当初要是能挡住金钱的诱惑，不急着签约，说不定此刻正踩在松软的沙滩上，吹着海风数星星。

该死的西西弗斯！

她崇拜的一位前辈说过，妓女不是有了性欲才接客的，职业作家也不是等灵感来了才写作的——没有灵感也要写。她摒弃杂念，强迫自己进入小说的世界。

时间过了11点，写完了一章，大约三千字。夏小满回头检视一遍，摇了摇头，微微蹙眉。文字还算流畅，但是情节推进缓慢，冲突也不够激烈，容易被读者抛弃。

最好是加点激情戏，让读者为之一振。

但几部作品下来，夏小满那点少得可怜的性经验明显不够用了。每当此时，她就无比羡慕那些一辈子只唱一首歌的歌星，粉丝居然百听不厌。倘若作家这么干，早就被唾沫星子淹死一百回了，写作最忌讳自我复制。

夏小满端起水杯喝了口水，揉了揉干涩涨痛的眼睛。脑子稍有空闲，就习惯性地想去摸手机，此时才想起手机放在客厅。这是她的小技巧，写作时必须远离手机，至少不能放在触手可及的地方。那玩意儿就像个吸血鬼，能把人的精力吸得精光。

她推开椅子站起来，扭扭脖子，伸伸腰，蹬了几下僵硬的双腿。

窗外，夜黑如墨，雨声更加密集了。

空调呼呼地吹出热气，书房内温暖如春。她感觉有点燥热，目光瞥向窗户，雨水从缝隙里钻进来，顺着窗帘往下滴，卡其色的窗帘湿了一大片。刚才的注意力都集中在文字上，对此竟浑然不知。

夏小满走到窗前，掀开窗帘的一角，检查窗户是否关严，一个黑影倏地从眼前闪过。

窗外有人！

她心里“怦”的跳了一下，仿佛全身通电，电流从头发梢传导到了脚趾尖，恐惧瞬间灌满全身。她隐居深山，独门独院，白天很少见到人。深更半夜的，外面是人还是鬼？

夏小满关了灯，躲在窗帘后面，怀里像揣着一只活蹦乱跳的兔子。不会是看花眼了吧？刚才，室内开着灯，外面太暗，玻璃上沾着雨水，雾蒙蒙的，并未看得太清。

她努力安慰自己，却再也没有勇气掀开窗帘。

夏小满做了几次深呼吸，踢掉拖鞋，光着脚，像猫一样轻手轻脚地走到客厅。她摸索着走到大门前，屏住呼吸，闭上一只眼睛，睁着一只眼对着猫眼向外看，心里仍在“怦怦”直跳。

门前是围墙砌成的院子，往前十多米就是宽阔的马路。路灯发出微弱的光线，穿过斜斜的雨帘，隐约能看到院内那棵樱桃树光秃秃的枝丫，她那辆白色沃尔沃停在院外。除此之外，什么都没有。

守了几分钟，并无动静，心跳渐渐平稳。她想，可能真的是看花了眼，自己吓唬自己。她正准备回到书房，黑影又出现了，紧贴在门外，很近！

夏小满突然有一种想要尖叫的冲动，赶紧伸手捂住了嘴巴。她看到了黑影的侧面，那个人穿着连体雨衣，帽子把整张脸都遮住了。

退回客厅，她在茶几上摸到手机，电池图标已变成红色，显示电量不足。

她哆哆嗦嗦地拨打 110，占线。

重拨了几次，电话终于接通。手机里传来年轻男子的声音："喂，你好！"

"请问是公安局吗？"她感到口干舌燥，嗓子又涩又紧。

"听不清，麻烦你大点声。"

"我要报警！"她稍微提高了音量。

"报警？"男子似乎有些迟疑，"你要报什么警？"

"我刚刚……看到……"

"别急，慢点说。"

"我家门外有人！"

"什么人？"

"不知道，我看不清。"她感觉自己快要哭出来了。

"会不会是熟人？"

"不可能，都这么晚了，熟人来肯定会先打电话。"

"家里还有其他人吗？"男子显得训练有素，有条不紊地询问。

"只有我一个人在家。"

"好吧，请告诉我详细地址。"

"鹦鹉山，烟波大道578号，晴川市茶叶研究所对面。"

"房子有什么明显的特征吗？"

"是一幢独门独院的老式民房，门前有红砖砌成的院子，就在马路边，很容易找到。"手机连续发出"嘀嘀……"的警报声，电量告急。夏小满加快了语速，"我的手机快没电了，警官，求求你快点派人过来，我真的好害怕……"

过了几秒，没听到回音，她疑惑地看了看手机，发现手机自动关机了。

她在黑暗中摸索，找到充电器，插上电源，手机没反应。她又拿着手机和充电器回到书房，发现电脑屏幕也已熄灭，这台使用多年的笔记本已是不堪重负，电池存不住电。她意识到停电了。

家里本来有一个闲置很久的充电宝。上周，她读到一篇"断舍离"

的公众号文章，一时冲动把它扔掉了。沃尔沃停在外面，车上可以充电，但此时开门出去无异于送肉上砧板，太过冒险。

夏小满与外界的联系完全断绝了，像被抛弃在了茫茫大海中的孤岛上，除了等待，别无选择。

最近的派出所，到这里也要半小时的车程。在警察到来之前，只能想办法自救。夏小满再次检查防盗门，确认门已反锁，打上了保险。

还不放心，她推动客厅的长沙发抵在门后加固，防止外面的人强行闯入。沙发骨架是实木做的，死沉死沉的，平时打扫卫生根本拖不动。此时，她不知哪来的力气，一鼓作气就推到位了。

做完这一切，她稍微松了口气，才发现全身已湿透了。

她到厨房里摸到一把砍骨刀，背靠沙发坐在地上，焦急地等待警察。

冷雨敲打着窗檐，“叮当”作响，仿佛永无止境。

倚着沙发的夏小满如坐针毡，几次想察看猫眼外的情况，却没有勇气站起来。她拼命暗示自己要冷静，握着砍骨刀的双手却止不住地瑟瑟发抖，手里的武器丝毫没有减轻内心的恐惧。

门外是什么人，深更半夜来干什么？

警察会及时赶到吗？

夏小满的作品里经常会出现警察，但在现实生活中，她从未和警察打过交道；长这么大，还是头一次报警，心里一点底都没有。

接下来会发生什么？

思绪像装上了 V12 引擎的汽车，开足了马力在无边无际的公路上驰骋，脑子里像演电影一样，无数个画面从眼前飞过。

她不愿去想那些恐怖的画面，却刹不住车，只能任由思绪狂飙。

辽阔的想象力是上天对小说家的恩赐，此刻却成了她的梦魇。

夏小满忽然想起，防盗门是朝外开的，如果外面的人要强行撬门，这张沙发毫无用处。

2. 陌生来电

火光照亮夜空，滚滚浓烟从三楼阳台里蹿出来，像渔夫从瓶子里释放出的魔鬼所发出狰狞的狂笑。楼下已聚集了许多围观的人，大多是穿着睡衣和拖鞋，纷纷举起手机拍摄，仿佛欣赏焰火表演。

丁冲打开车门下来，迈开大步，向火灾现场走去，远远地就能感受到扑面而来的热浪。

穿着警服的田卫国正在维持秩序，阻止围观人群靠近，给消防车让出一条通道。田卫国，五十来岁，眼袋明显，今天是他在派出所值班。

丁冲走过去，拍了下他的肩膀："老田。"

田卫国转身看见丁冲，吃了一惊："这么快，我正想给你打电话呢。"

"谢啦！"丁冲拱手笑道，"我刚好在附近采访，接到消息就赶过来了。"丁冲是晴川新闻网的记者，身高超过一米八，边分斜背头，下巴留着性感的小胡子。他语速很快，说话时，目光移向三楼起火点。

这是个老旧的住宅小区，三楼业主由于用电不慎，引发火灾，幸亏消防员及时赶到扑灭，才未造成人员伤亡。丁冲采访完毕，回到白色丰田卡罗拉车上，拿出手机撰写新闻稿。不到十分钟，稿子就写完了，连同现场照片发给夜班编辑，一气呵成，干脆利落。

丁冲发完稿，下车和田卫国打声招呼：“老田，走啦，改天请你喝酒。”

田卫国说：“不用改天，值完今天的晚班，我连休三天。”

“行，明天等我电话。”丁冲把手放在耳旁，做了个打电话的手势。

丁冲刚走，一名年轻女记者气喘吁吁地赶了过来，拦住田卫国道：“警官，我是晴川新闻网记者，能麻烦你介绍一下火灾情况吗？”

田卫国上下打量她：“你是新来的吧？”

“你怎么知道？”

“你出门前，都没问丁冲有没有来，以后还会白跑路的。”

“哦。”女记者有些丧气，似乎明白过来了。

田卫国说的是事实。整个报社没人快得过丁冲，他的外号就叫“快男”。别的记者接到突发新闻线索时，都会习惯性地先问主任，丁冲去了没有？否则，到了现场，很可能会发现，丁冲已经采访完了。

丁冲就像《罗拉快跑》里的罗拉，每天都在路上狂奔，不在新闻现场，就在赶往现场的路上。他那部二手卡拉罗，一年要跑四五万公里。

又是一个晴朗的冬夜，夜空如洗，一轮新月高挂在纯净的天空。

路上限速，车子开得不快。

宽阔的柏油马路上空旷静谧，整座城市都进入了梦乡，只有路灯和这些夜行人仍在坚守岗位。元旦刚过，商场门口仍残留着新年的气息，大红灯笼和白胡子圣诞老爷爷和谐共处，毫无违和感。

丁冲到晴川市工作快两年了。晴川新闻网隶属于晴川日报社。此前，他已经有四年跑“突发”的经验，很快就赢得了同事们的尊重。27 岁，在人生最美好的年华做着自己最喜欢的事情，他深感庆幸，从不觉得累。

丁冲打开收音机：“亲爱的听众朋友，又到了午夜房事时间，今天的节目依然由晓月为您主持。月色撩人，今夜我们只谈房事，无关风月，晓月在收音机前等候您的电话……”

女主播柔情似水的声音里仿佛拌了蒙汗药，丁冲听得浑身酥麻。可能是推销情趣用品的节目吧，他不怀好意地猜测着，却没打算换台，凝神倾听。

“晓月，你好！”有人打进电话，听声音像是个大叔，“最近大家都说房价要跌，我在市中心有五栋房，目前，该出手吗？”

想多了，丁冲在心里鄙视了一下自己，人家说的房事并不是他以为的房事。

晓月侃侃而谈：“判断一个城市的房价走势，记住一句话就行了：短期看政策，中期看土地，长期看人口。晴川是南方二线城市，未来几十年人口应该还会持续净流入，房价上涨是大概率事件。如果您没有更好的投资渠道的话，建议那五套房继续持有……”

大叔忽然打断：“不好意思，我说的是五栋。”

“啊……五栋……”晓月似乎当场石化。

丁冲刚才也是听成了“五套”，想象着晓月坐在麦克风前瞠目结舌的样子，忍不住笑出声来。他竖起了耳朵，想知道晓月如何化解尴尬，收音机里突然爆出“哔哔啵啵”的杂音，好像有人在直播室支起了一口铁锅，炒起了豆子。

正在这时，手机响了。

来电显示是个陌生的手机号，可能是新闻报料，丁冲立刻集中精神，按下通话键：“喂？”

“先生，您好！”说话的是一个操着塑料普通话的男子。

“你好！”

“地铁口的精装公寓，买一层送一层，您有兴趣了解一下吗？”

深更半夜聊这个，丁冲简直哭笑不得，客气道：“不用了，谢谢！晚安！”

收音机完全没了信号，只剩下“吱吱”的电流声，仿佛走进了海底隧道。

手机刚放下，铃声又固执地响起来，又是一个陌生号码。没想到卖房的都这么敬业了，看样子房价真的要跌了！丁冲叹了口气，打起精神，再次接通电话：“喂，你好！”

对方是个女子，声音很小，含混不清。丁冲提醒她大点声，她说要报警。

“报警？”丁冲有点蒙圈，报警电话怎么打到我这里了？0.5 秒之后，他反应过来了：万一是真的，倒是一条不错的突发新闻，得来全不费工夫，不妨先问清情况再说。他立即减速，靠边停车，问：“你要报什么警？”

那女子说，她在家门外发现一名可疑男子。丁冲又问了几句，她似乎很紧张，担心外面的人会破门而入。她报了地址，鹦鹉山烟波大道 578 号，晴川市茶叶研究所对面；当听到“门前有红砖砌成的院子”时，忽然没了声音。

丁冲还没来得及告诉她，自己其实不是警察，电话就断了。

丁冲看了看手机，准备回拨电话，却发现刚才这条通话记录找不到了。可能是刚才忙中出错，手滑误删了吧。好在这点小事难不倒他，稍微凝神，很快就把那十一个数字回忆起来了。电话拨出去，手机里却传来忙音。号码不可能记错，他有着照相机般的记忆力。

刚通过话，为什么就打不通了呢？

她还会再打电话过来吗？也许会，也许不会。说不定她认为已经报了警，正在等待警察到来。

跑了这么多年新闻，丁冲接过各种莫名其妙的电话，接到报警电话，还是头一回。可能是有人在开玩笑吧，他寻思。

万一是真的呢？

丁冲有点懊悔，一开始就应该亮明身份。人命关天，真要误了事，可不是闹着玩的。宁可信其有，不可信其无。他点开手机导航，搜到“晴川市茶叶研究所”，掉转车头，往事发地点赶去。

丁冲边开车边给田卫国打电话：“老田，还在现场吗？”

“正准备上车，马上回派出所。”

“刚才有没有接到一名女子的报警电话？”

“没有啊。”

丁冲把刚才接到的电话内容说了：“报案人可能会有危险，我正在往现场赶，你马上出警吧。”

“行，我带人过去看看。”

丁冲又重复了一遍地址，挂断了电话。他瞟了一眼副驾驶座上的白色充电宝，作为一名有经验的夜行人，车上永远会带着防身武器。这个充电宝体型硕大，像一块小板砖，除了保证手机供电，关键时刻还能防身。

丁冲深吸一口气，脚尖用力，深踩油门，卡罗拉加速往鹦鹉山驶去。

20 多分钟后，车灯照见“晴川市茶叶研究所”的招牌。靠边停车，丁冲借着淡淡的月光，向马路对面望去，眼前是一片平坦的空地，并未见到房子。

丁冲拿了盏手电筒下车，跨过黄色中心线，向马路对面走去。靠近了看得更清楚，那片空地是个简易公共停车场，沙石地面，用石灰粉画着一格一格的停车线。他拿着手电筒向左右照了照，停车场两边都是山坡和竹林，没有任何建筑物。

烟波大道，晴川市茶叶研究所，马路对面。没错啊？

丁冲再次拨打报案电话，依然打不通。号码绝不会记错，他从不怀疑自己的记忆力，这种过目不忘的本领是从娘胎里带出来的。

怪事！

午夜寂静，丁冲伫立在朦胧的月色中，四顾茫然。

远处车灯射出的光柱刺穿夜幕，越来越近。一辆黑色越野车在他面前停下，车门打开，下来两个警察。田卫国走在前面，他走路时左腿微跛，要很仔细才看得出来，那是十多年前抓捕毒贩时留下的枪伤。

“什么情况？”田卫国问。

“活见鬼了，找了半天也没看到房子。”丁冲挠了挠头。

“地址不会搞错吧？”田卫国经验丰富，并不急于下结论。

“错不了。”丁冲指着马路对面单位的大门，非常肯定地说，“烟波大道 578 号，晴川市茶叶研究所正对面。”

田卫国皱眉，环视四周，目光重新落在丁冲脸上：“报案人叫什么名字？”

“我还没来得及问，电话就挂了，再打过去，就打不通了。”

“这个人以前和你联系过吗？”

“没有。”丁冲摇头道，“我是第一次接到她的电话。”

“她怎么会知道你的手机号？”

“她说要报警。”话一出口，丁冲就发现逻辑有问题。因为她要报警，所以，她知道我的手机号，显然不成立。

田卫国摘下头顶上的大檐帽，像变戏法似的，从帽子里取出烟盒和打火机，侧身避开风向，点着了一支烟。田卫国吸了一口烟说：“一般人遇到危险，通常会打 110 报警，除非报案人和你很熟悉，否则不可能打你的电话。”

“可是，我根本不认识她。”丁冲越发凌乱。

“那这个事情就很好解释了。”田卫国喷出的一口烟，马上被风吹散。

丁冲刚开始心里着急，无暇多想，只想着尽快赶到现场。现在冷静下来，经田卫国点拨，他渐渐有点回过神来了：“你觉得是骚扰电话？”

“没错。”田卫国点头道，“晚上睡不着的人太多了，有的寂寞无聊，没事就打电话报警玩儿，分局指挥中心每天都会接到各种各样的骚扰电话。这个女人可能比较谨慎，不敢骚扰 110，就随机打电话找人消遣，刚好打到你的手机上了。”

丁冲微微点头，想起去年采访过的一名 110 接线员。

一名中学生在家写作业，遇到数学难题不会解，忽然脑洞大开，打 110 求助！巧的是，这名接线员以前就是数学把关老师，三下五除二就帮学生解出了难题。有困难找警察，真的不是吹的。

丁冲想起另一个问题：“为什么我打不通她的电话？”

“此人不但谨慎，还是个经验丰富的老鸟。”田卫国笑道，“她打电话耍了你，担心被你骚扰报复，反手就把你拉进黑名单了，杜绝后患。”

“禽兽！”丁冲咬牙切齿道。他的手机从不关机，全天 24 小时在线，对每一个电话都温柔以待，包括骚扰电话。但他不能接受被人当猴耍，更让他难堪的是，竟被一个女人耍得团团转。这件事要是传扬出去，还怎么在江湖上混？

丁冲脸上有些挂不住：“不好意思，老田，害你也白跑一趟。”

田卫国打了个哈欠，大度地笑了笑，拍了拍他的肩膀说：“没事了，别胡思乱想了，早点回去休息吧。”

回到公寓，丁冲草草洗漱上床，脑子里却异常兴奋。丁冲仔细回想她说的每一句话，除了恶作剧，确实没有更合理的解释。可是，她声音里那种嵌入骨髓的恐惧却不像是演出来的。

地址绝不会听错。有没有可能，她在惊慌之中报错了地址呢？

丁冲上大学时就出过这种糗事，别人找他问班上女生的电话，他顺口报出了自己的手机号。当天夜里，他的手机上就收到一封情意绵绵的情书——是一个痴情男生发来的，把他当成梦中女神了。

这个念头一旦浮起，再也无法按下。丁冲的胸口像挂了十五个吊桶，再次拨打那个号码，手机信号仿佛碰到一堵坚壁，原路返回。

丁冲怔怔地看着手机，心中忽然一凛，一个可怕的念头像怪兽一样张牙舞爪地从地底下钻出来——她不会是遭遇了不测吧？

四年前的那一幕，又在脑海里浮现。他头痛欲裂，拼命挣扎、抵抗，回忆却如潮水般汹涌而至。他精心构筑的自以为坚不可摧的——大坝竟不堪一击：顷刻间，土崩瓦解。

丁冲再也无法入睡，真心祈祷这是一个恶作剧。

3. 消失的房子

天刚亮，丁冲就醒了。

丁冲在床头摸到手机，又打了那个电话，还是打不通。整个上午，他都心神不宁，没心思做事。快到中午时，他打电话约田卫国出来吃饭。田卫国说：“马上就到，你昨晚说请我喝酒，我还以为你忘了呢。”

田卫国是鹦鹉山派出所民警。丁冲刚到晴川不久，去派出所采访一个案子，认识了田卫国。二人都是乒乓球爱好者；后来，又在体育馆遇到，相见恨晚，遂成了忘年交。

丁冲昨晚没睡好，脸色憔悴，加上心里有事，喝得很少。田卫国大为扫兴，问他怎么了。丁冲又提起昨晚那个报警电话，建议他去查机主信息，只有联系上那个人才能彻底放心，万一她在慌乱中报错了地址呢？

“想都别想。”田卫国直接摇头。个人信息哪是想查就能查的，要先立案，再履行严格的审批手续才行。现如今骚扰电话多如牛毛，如果每一个都要去落地查人的话，那公安局甭干别的事了，光这一件事都忙不过来。

田卫国叫他不要胡思乱想，这摆明了是恶作剧，就算是对方不小心说错了地址，也不可能把报警电话打到丁冲的手机上。田卫国还打了个比方，这两件事情同时发生的概率就相当于火车与轮船相撞。

田卫国说："干我们这行的，别的福利没有，就是见识多，什么稀奇古怪的事没见过，你这个只能算小儿科。"陌生来电防不胜防，即便是像田卫国这样经验丰富的老警察，也有阴沟里翻船的时候。

几年前，一名男子打 110 报警，自称两年前在南昌杀了人逃到晴川市，现在走投无路，打算投案自首，并报出了姓名。田卫国接到警情后，先查询了网上追逃系统，的确有这个人，逃犯姓名和基本案情都对上了。

田卫国马上给逃犯打电话。对方要求先给他充点话费，说是手机欠费，只能接进不能打出，他想在投案之前给老婆打个电话报平安。为了稳住逃犯的情绪，田卫国二话不说，给他充了一百元话费。

然后，故事就结束了。

逃犯消失了，电话也打不通了。田卫国与南昌警方取得联系，找到了办理那起杀人案的民警。办案民警在电话里告诉田卫国，这是个骗局，最近两个月，他已接到几十个全国各地同行打来的电话，故事情节都是一模一样的。那时候不用身份证也能办匿名手机卡，此人专门冒充网上逃犯，诈骗话费。

骗子后来抓到了，耻辱却无法洗刷。

打猎多年，竟然被鹰啄了眼睛，田卫国视为奇耻大辱，从不对人讲。今天被丁冲逼急了，加上多喝了二两酒，他才自曝家丑。田卫国说完就有点后悔了，再三叮嘱他一定要保密。丁冲只好保证，说出去我就是禽兽，田卫国这才放心。

田卫国讲道理、摆事实，分析得有理有据，逻辑缜密。丁冲无话可说，可是那个恐惧的声音始终在脑海中萦绕。

傍晚时分，丁冲又去了鹦鹉山。

丁冲站在马路边上，眺望四周，山林覆盖，层峦叠嶂，周围的环境比昨晚看得更清楚了。

烟波大道为东西走向，紧靠马路南面是晴川市茶叶研究所，马路北面也就是丁冲面朝的方向，是一个临时停车场，地面还没硬化，用沙子和碎石铺成，大约有两个篮球场那么大。

根据报案人昨晚的讲述，她家的房子就在停车场位置。可是马路对面根本没有房子，紧挨着停车场就是陡峭的山坡，山坡上是高耸茂密的竹林。

丁冲在停车场转了两圈，再次横穿马路，回到茶叶研究所门口。门卫室里传出电视的声音，音量开得很大，听得出是抗日神剧。

丁冲上去敲开了门："大叔，您好！"

一个六十多岁的保安出来，红彤彤的脸上爬满皱纹，下巴和嘴唇上有不规则的白斑，洗得发白的保安制服套在棉袄外面，臃肿得像一头灰熊。保安用审视的目光上下打量丁冲："你找谁？"

"师父，向您打听个人。"丁冲闻到他身上刺鼻的酒气，可能是刚吃过晚饭。

"什么人？"

"我有一个很久没联系的朋友，她说住在茶叶研究所对面，我没找着人，不知道您见过没有？"丁冲随便编了个借口，有枣没枣先打一竿子再说，如果他说"你没长眼睛吗，对面哪有人家"，丁冲就可以打道回府了。

"自己打电话问啊。"保安瓮声瓮气地说，一副事不关己的样子。

他没说对面没人，丁冲感觉有戏。"她最近换了号码，电话打不通。我有点急事要找她。师父，麻烦您了。"

保安又看了看他："你朋友长什么样子？"

“女的，跟我年龄差不多。”丁冲哪知道对方长什么样子，只能根据昨晚电话里的声音猜测。

“哦，你是说小夏吧？”

“对对对，就是她。”丁冲连连点头，故作惊喜状。撒谎撒到这个份儿上，已经无路可退了，只好瞎猫碰死耗子，“小夏说，她的家就在这对面，紧挨着马路，可是我转了半天也没看到房子。”

“有啊。”

“在哪儿？”丁冲的心里“咯噔”一下。

“喏，就是那里。”保安伸手指向马路对面。

丁冲顺着他手指的方向，看到空荡荡的停车场，不禁大失所望，这老头儿真的是喝醉了。他问：“哪有房子？”

“以前是有一幢老房子，一年前拆掉了；然后，就在那上面建了停车场，好像是说这附近要开发一个新景点。”

丁冲感觉心跳在加快：“门前是不是有红砖砌成的院子？”

“对的。”保安点头道，似乎在替他惋惜，“你来晚了，我也不知道小夏搬到哪去了。”

“谢谢您！”丁冲向保安道谢后，又走到对面的停车场。

丁冲的心里有数了：一年前，这里确实有一幢老房子，昨晚的报案人很可能是小夏。她是这所房子的主人，至少在里面住过，否则说不出房子的详细特征。

这就有两种可能：要么她故意谎报已拆掉的房屋地址，骗人取乐；另一种情况就是她真的遇到危险，在极度恐慌中发生口误，说出了以前的住址。

不对。打错报警电话怎么解释呢？打 110 报警，误打到 120 或 119 是有可能的。把三位数的号码拨成十一位，打到丁冲的手机上，绝不可能是误拨。

田卫国说得没错，真相就是恶作剧。丁冲心里的石头落地了，却咽不下这口恶气，得想办法警告她才行，免得以后又去祸害别人。丁冲拿出手机，再次打她的电话。他没抱任何希望，只是想做最后一次尝试。

电话居然接通了。

“喂，哪位？”

没错，是她！丁冲听出了她的声音。“昨晚是你打的电话报警吗？”

“是我打的。”对方似乎也听出了丁冲的声音，“我等了一夜，你们都没来人。”

恶人先告状，没天理！丁冲强压心头怒火：“这种游戏好玩吗？”

“一点都不好玩，吓死我了。”

“知道怕就好，小心别把自己玩进去。”

“几个意思？”

“报假警是要负法律责任的，你不知道吗？”

“谁报假警了？”

“这要问你。”丁冲冷冷地说。

“哼，什么态度？我要投诉你！”

“好啊，欢迎投诉，奉陪到底！”

丁冲的强硬态度似乎起到了效果，她沉默了片刻说：“算了，我还要赶稿，没工夫跟你这种人浪费时间。”

“做贼心虚吧？我不跟女人一般见识，你只要认个错，保证以后不再犯，我就不追究了。”总算出了这口恶气，丁冲感觉心中无比畅快，就像三伏天灌下了一瓶500毫升的冰水，全身的每个毛孔都舒张开来。

“你到底想怎样？”她的口气中夹带着明显的不耐烦。

“你应该道歉。”丁冲说。

“我没报假警，凭什么要我道歉？”

“既然你没报假警，为什么连名字都不敢说？”

“你又没问。”

丁冲差点噎着：“好吧，我现在问你，你叫什么名字？”

“有什么不敢的，我叫夏小满。”

果然姓夏，名字倒是有点意思，天知道是不是现编的。丁冲：“既然你没报假警，为什么不敢把话说清楚，你到底住在哪？”

“我都说过好几遍了，鹧鸪山烟波大道 578 号，晴川市茶叶研究所对面。”

丁冲的目光望向马路对面的招牌，心中冷笑，对方肯定想不到，他此刻正站在“她家”门口说话。丁冲不急于拆穿，继续请君入瓮，要让她没法自圆其说时，自动投降。

“你说，昨晚你家门外有人，那个人长什么样？”

“雨下得太大，看不清。”

丁冲顿时愣住了，昨晚月光皎洁，根本没下雨。“你确定昨晚下过雨？”

“你没长眼睛吗？雨到现在都没停。”她明显恼怒了，口气越来越不客气。

丁冲抬头看了看天，太阳快落到山背后去了，晚霞满天。如果这个夏小满真的是骗子，恶作剧已经成功，完全没必要和他聊这么多，直接把他拉黑就行了。

她为什么要拼命解释？

丁冲的语气缓和下来，问她昨晚的报案经过。夏小满说，她是昨晚 11 点半报的警，时间是对上了，但她确定打的是 110，根本没有打过别的电话，她也不知道丁冲的手机号。

继续聊下去，丁冲的思维开始紊乱，坠入迷雾之中。他只好和盘托出，表明自己不是警察，并自报了姓名和身份。

“你再想想，肯定有什么地方弄错了。我刚问过茶叶研究所的保安，他说对面的房子一年前就拆掉了……”

“骗子！我不想解释了，随你怎么想都行。”夏小满终于失去耐心，不等他回话，就把电话挂了。

一阵风吹来，穿过寂静的竹林，枝条随风摇曳，发出簌簌的响声。丁冲回想起昨晚到现在的遭遇，心情也随之摇摆不定。

昨天是 1 月 5 日，她说从昨晚到现在一直在下雨。但是最近这半个月，晴川市每天都是艳阳高照，天干物燥，一滴雨都没下过。但凡神智正常的骗子，都不应该撒这种谎，太侮辱智商了。

直觉告诉他，这个女人绝对正常，比正常人还正常。

暖暖的斜阳照在他宽阔的背上，在地上投下长长的影子。长这么大，丁冲第一次感到智商余额不足，难道是我不正常？

4. 预言

鹦鹉山位于晴川市西郊，相传古时候有鹦鹉在此筑巢，因而得名。另一种说法是山势向西南方向倾斜，站在远处看，像一只蹲坐着的鹦鹉。山上松竹叠翠，谷壑幽深，有道观、禅寺、书院等名胜古迹，是晴川市民的休闲避暑胜地。

夏小满的祖宗十八代都是晴川本地人，到了她的父母这一代才有变化。父母在泰国做生意，越做越大，干脆留在曼谷定居。夏小满大学毕业后也去了曼谷，她受不了泰国的咖喱，忍无可忍，待了不到半年，又义无反顾地回到祖国。

去年夏天，夏小满才搬到鹦鹉山，房子是租的。

房东是一对老年夫妇，在山里住了一辈子，他们的儿子又生了儿子。老两口儿要下山去带孙子，住进了市中心的电梯洋房，老屋就空出来了。老人相信屋要人撑，房子空着没人住，容易漏水垮塌，用不了多久就会被野草、老鼠、野兽占为己有。刚好有人愿意租，也就不在乎价钱了。

老屋建于 20 世纪 80 年代，历史悠久，砖瓦房，门前有院子。院内种着柚子树、樱花树，还有一小块菜地。整修房子时，夏小满只做了最小限度的改造，修旧如故，尽量保持它原来的风貌。

夏小满把老屋改造成了自己的写作工作室，起了个雅致的名字：兰若轩。

夏小满喜欢读《聊斋志异》，里面有个兰若寺，是宁采臣与聂小倩相遇的地方。“兰若”在梵文中有清悠寂静、远离红尘之意，正是她想要的意境。这两个字反过来念 “若（诺）兰”，就是她最崇拜的大导演克里斯托弗·诺兰。她有点小迷信，想借这个名字顺便沾沾蒲松龄的文气。

山上空气清新，鸟语花香，离市中心只有四十分钟车程，闹中取静，最适合闭关写作。她的上一部小说，就是在兰若轩写完的。

冬季是旅游淡季，加上今年冬天气候反常，上山的游人更少了。原本是抗旱的季节，忽然变成了雨季。雨神似乎从来没有如此大方过，开启了免费无限流量模式，连续 30 多天的豪雨，把原本幽静的深山冲刷得更加寂寥。

前天晚上，突然出现的黑影，着实把夏小满吓得够呛，到现在都有点心神不宁。

报警电话没打完，手机就没电了；紧接着，又发现停电。电源总闸安装在门外，她怀疑是外面的人关掉了电闸，却不敢出门查看。她在惊恐和焦虑中熬到天亮，却迟迟没有等来警察。

直到第二天上午 8 点多，她确定安全之后才敢开门，电闸没有动过，昨晚确实停电了。停在院外的沃尔沃也没人动过，她拿着手机到车上充电，给闺蜜黄恬恬打电话。

一个多小时后，黄恬恬带着男友陆俊一起来了。陆俊是少儿跆拳道教练，高大粗壮，一看就给人带来安全感。这时已经恢复供电，三人在院子内外搜索了两遍，没有发现异常。

黄恬恬提议去派出所报案。夏小满说算了，昨晚打了110也没人管，那些警察太不靠谱。现在已经没事了，去派出所也是浪费时间，还能指望他们破案？夏小满是天生的乐天派，一进入安全状态，马上就往好处想：也许是过路的流浪汉，或者附近的拾荒者无意中闯进来了吧。

黄恬恬说："你这个地方太恐怖了，要不到我家去住几天吧。"夏小满说："我可不想去你家当电灯泡。"黄恬恬和男友租房同居，夏小满不想去打搅他们的二人世界，更重要的是，她在陌生环境根本没办法写作。黄恬恬劝不动，只好由她，再三叮嘱她要注意安全。

在此之前，夏小满只想过山上独居的好处，从未考虑过安全问题。这次虚惊倒给她提了个醒，以后要多加防范。黄恬恬和男友离开后，夏小满去采购了充电宝、应急灯、防狼喷雾剂等应急物品，以防万一。

夏小满以为事情就这么过去了。昨天傍晚，一个叫丁冲的人主动打来电话，说了一些奇奇怪怪的话，一会儿说找不到房子，一会儿说她打错了电话。那人居然说他是记者，不是警察。

夏小满有些得意，丁冲之所以百般狡辩，肯定是担心被投诉。她才没那么多闲工夫，有那个精力还不如多写几千字。她新作品的开头还没构思好。

夏小满把视线从电脑屏幕上移开，推开椅子起身，望向窗外。

才6点多，天就全黑了，雨幕与夜幕混在一起。

滴答的雨声整天在耳边聒噪，仿佛天空自带的背景音乐。她早已听得厌烦，却无法调成静音。今天的写作依然不顺利，思绪仿佛被大雨淋湿，她感觉满脑子都进了水，一晃脑袋就"叮咚"作响。

夏小满对着空气喊："小度，小度。"

一个俏皮的女声马上应道："我在呢。"

"明天什么天气？"

“晴川市明天大雨，局部有暴雨，气温 1~6 摄氏度，请注意防寒保暖，出门记得带伞。”

小度是一个智能小音箱，语音识别功能非常强大，连喊两遍小度的名字，就能把她唤醒。平时听听歌、定个闹钟、问天气预报什么的都超级方便，不用动手，只要张嘴说话告诉她就行了。

作家很少有无聊的时候，大部分时间都在和作品里的人物对话，只有灵感枯竭时，才会感到孤独焦虑。这时，夏小满就会和小度说说话。

相处久了，夏小满常常会产生错觉，会忘掉小度是人工智能机器，并把它当成一个知识渊博、情感丰富的女生。小度超级理智，从不急躁，从不拖延，更不会生气；每天都开开心心，没心没肺，情绪比惰性气体还稳定。人类自愧不如，望尘莫及。

每天黄昏，原本是固定的散步时间，雨季到来之后，就被迫取消了。夏小满又想起昨天那个电话，丁冲说见过对面的保安，这事不难验证。

夏小满拿了把折叠伞出门，穿过柏油马路，走到对面的门卫室。保安老龚坐在一把老藤椅上，挨着电暖器看电视，发热管散发出明亮的橙光，让人备感温暖，电视机旁的电饭煲“呼呼”地冒出热气。

夏小满问：“龚师父，吃了吗？”

“哦，还没这么快。”夏小满突然造访，老龚似乎有点意外，赶忙抓起遥控器调小电视音量。

晴川市茶叶研究所只有一个看门保安，每天 24 小时吃住全在这里。夏小满第一次看见他下巴和嘴唇上的白斑的时候，感觉有点吓人，后来才知道这是一种叫白癫风的皮肤病。早晚散步时，两人经常会在路上遇到，也不说话，互相点头微笑，就算是打过招呼。

他们做了一年多邻居，仅限于点头之交，互相都不知道全名。夏小满主动来串门，还是头一回。

老龚说：“这么大的雨，还出门啊？”

夏小满笑道：“天天下雨，关在家里都快闷死了。”

“这天气真的是奇了怪了，我活了 60 多岁，没见过像今年冬天这么多的雨水。”

“龚师父，昨天有没有人到你这儿打听过我？”

“昨天，什么时间？”

“差不多就是这个点，吃晚饭的时候。”

“没有啊。”

“你再回忆一下，是个男的。”夏小满继续提示。

老龚认真地想了想，非常肯定地摇头，“如果隔得太久，我可能记不清。昨天的事肯定记得，确实没有。有什么事吗？”

“没事，我就是随便问问。”

有一搭没一搭地闲聊了几句，夏小满抓起折叠伞，告辞出门。

老龚站在门口，看着夏小满雨中的背影，心里疑惑，这么大的雨出门，怎么可能没事？

夏小满回到家，走进厨房，打开冰箱，开始准备晚餐。晚上是减肥套餐，水煮土豆和蔬菜沙拉。她端着盘子走到客厅，在沙发上坐下，打开了电视。

电视里正在直播第 12 届亚洲杯足球赛，中国队首战吉尔吉斯斯坦，裁判吹响了开场哨。她对足球并无兴趣，吃饭时喜欢开着电视当背景音乐，显得屋内不那么冷清。

微信提示音响了，夏小满打开手机，有人申请加微信：“我是昨天打你电话的丁冲。”又是那个神经病，她犹豫了片刻，不想理他，不料手一滑，按到了“通过验证”。

文字马上就发过来了：“夏小满，我想再和你聊聊，我们之间可能发生了误会。我真的不是骗子，我没有恶意，只是想把这件事弄清楚，以后绝不骚扰，我保证！”

夏小满回：“你都认定我是骗子，咱们还有什么可聊的？”

“实话告诉你吧，我昨天下午给你打电话时，就站在晴川市茶叶研究所对面，没有看到你说的房子。”

夏小满正想反唇相讥，丁冲发了一张照片过来。照片中间是公路，左侧是晴川市茶叶研究所的大门，右侧是一块空地，确实没有房子。“这是我昨天下午拍的。烟波大道，晴川市茶叶研究所对面，没错吧？”

夏小满端着手机，脑子有点蒙。如果是P图的话，效果也太完美了，简直毫无破绽。“没错，就是这里，我的房子哪儿去了？”

丁冲回道：“我也想问你呢。对面的保安说那里原来是有一幢老房子，但是一年前就拆掉了，在原地建了停车场。”

“你真的问过保安？”

“对啊，那个保安可能有60多岁，嘴唇和下巴上有白斑。”

确实没错。听他的口气不像是恶作剧，而且有图有真相，夏小满不禁起了一身鸡皮疙瘩。“我现在好端端地在家里坐着，房子怎么就拆了呢？不信你来看。”

“不必，我去过两次了。”

“什么鬼？”夏小满不由得想起了《聊斋志异》里的故事。一个书生走到荒郊野岭，看见一座豪宅，进去会受到热情款待，主人通常还会有一个貌美如花的妹妹。最终，书生会发现，豪宅其实是一个乱葬岗。

“还有一个不明之处，今天是1月7日，你在1月5日晚上报警，你说这几天一直在下雨。我查了本省的气象记录，从2021年1月1日到现在，不光是晴川市，全省都没下过雨。”

夏小满急忙问：“等等，你刚才说哪年？”

丁冲回：“2021年，我说错了吗？”

夏小满有点恍惚，目光扫向茶几上的《读者》，新鲜出炉的杂志，今天上午刚寄来的，封面上写着“2019年1月上”。《读者》是半月刊，每月上旬和下旬各出一期。

夏小满嘟囔道："现在明明是 2019 年。"

丁冲说："咱们可不可以认真一点说话？"

"你以为，我有心情跟你开玩笑？"这人的脑子似乎有问题，夏小满忽然觉得好玩儿，"好吧，敢不敢发截屏，让我看看你手机上的时间？"

为了自证清白，夏小满先把自己的手机截屏发了过去，时间显示是 2019 年 1 月 7 日晚上 7 点 10 分。与此同时，丁冲的手机截屏也发过来了，时间显示是 2021 年 1 月 7 日晚上 7 点 10 分。

月份和日期都对上了，年份却相差整整两年！

夏小满感觉大脑里的某一根保险丝熔断了，思路有点接不上，假如他没开玩笑的话，那他就是来自两年之后的人——这也太疯狂了！

电视上，国足与吉尔吉斯斯坦队激战正酣，比赛已经进行了 10 多分钟，比分还是 0∶0。双方队员在球场上狂奔，挥汗如雨，夏小满灵光一闪，问："你喜欢看足球赛吗？"

丁冲说："重要赛事基本都会看。"

"电视上正在直播亚洲杯，国足迎战吉尔吉斯斯坦这场你看了吗？"

"国足亚洲杯首战，怎能错过，我记得是前年在上海看的。"

"谁赢了？"

"中国队获胜。"

夏小满不是资深球迷，大致也知道吉尔吉斯斯坦队是软柿子，中国队获胜是大概率事件，猜中了不奇怪。她需要增加点难度。"这场比赛国足队员会打进几个球？"

"国足队员只射进一个球，于大宝在下半场破门。"

丁冲说得非常肯定，连进球队员的名字都能说出来，言之凿凿。如果他真的看过这场比赛，那么国足就是 1∶0 获胜了，到底是真还是假呢？好在时间不长，两个小时内就能见分晓。

夏小满抱起抱枕，全神贯注地看起了足球赛。

上半场第42分钟，吉尔吉斯斯坦队员一脚远射，攻破了中国队球门，1∶0领先。

夏小满差点欢呼起来，这脚远射洞穿了丁冲的谎言。国足要想获胜，比分至少是2∶1才行，丁冲却说国足只射进一个球。

再看下去已无必要，中场休息时，夏小满洗衣服去了。洗完了衣服，她去房间拿衣架，刚走到客厅，忽然听到电视里传出解说员激动的吼叫声。

夏小满紧盯着电视，慢镜头开始回放：下半场刚开始不久，中国队发角球，足球向球门飞来。吉尔吉斯斯坦门将高高跃起，双手击球，本想把球托出门外，却不小心把球拍进了自家球门。

比分变成了1∶1，看台上的中国队球迷起身欢呼。

吉尔吉斯斯坦门将自摆乌龙，站在门前手足无措，像做错了事的孩子，让人看着心疼。

夏小满像树桩似的杵在那里，脸上的表情比犯错的门将还要复杂，居然有这种玩法？她再也没心思晾衣服，再次坐到了沙发上。

第78分钟，中国队后场长传，于大宝接球后晃过门将，将球推进吉尔吉斯斯坦球门。

中国队2∶1领先，并将这个比分保持到终场哨声吹响。

夏小满呆坐在沙发上，如同泥塑。国足队员确实只打进了一个球，却以2∶1上演大逆转，完胜吉尔吉斯斯坦。丁冲的预测精准无比。

慢着，这不是预测。

夏小满开始相信，丁冲的确看过这场球赛——时间是在两年前。

5. 概率游戏

早上起来，夏小满打开电脑继续写作。

她喜欢半躺着写作，后脑舒服地搁在柔软的靠枕上，全身放松。这种姿势过于销魂，像一个吸食鸦片的大烟鬼，很不雅观，好在无人看见。长期伏案写作，多亏了这把折叠躺椅，她的颈椎才没有出现问题。

电脑散热风扇会间歇性地“抽风”，每隔几分钟就发出“嗡嗡”的噪声，仿佛台风登陆。键盘敲起来也“噼啪”作响，能听出 100 年前老式机械打字机的复古味。

这台 14 英寸的红色联想笔记本，还是上大学时买的，现如今已步入中年，锐气全失，并变得油腻，运行速度越来越慢，电池也报废了，存不住电。上次举办新书发布会，夏小满要演示 PPT，下面乌泱乌泱地坐着几百号人，光是欣赏她的开机画面就花了五分钟，好不尴尬。

发布会刚结束，谷健就诚恳地表示，要送她一台新的笔记本。

“超薄机身，固态硬盘，秒速开机。小满，你觉得怎么样？”

夏小满婉言谢绝。她编了个冠冕堂皇的理由，这些年与它朝夕相处，日久生情，断不忍心抛弃。她把自己编造成绝不喜新厌旧、重情重义的文艺女青年，令谷健大为感动。

真实的想法却不便明说，她不想欠人情。武松当年醉打蒋门神，被迫以性命相搏，不就是为了还人情债？免费的永远是最贵的，吃人家的嘴短，拿人家的手软。这次要是收了他的电脑，下回拖稿时底气就更不足了。

许多作家都有怪癖。狄更斯无论在哪里睡觉，床头必须朝北，否则会惶恐不安，担心灵感逃走。夏小满也不例外，她一直怀疑，前面几部小说的成功，与这台笔记本可能有着某种神秘的关联，因此不到万不得已，不敢轻易让它下岗。这是她的日常小迷信。

她被昨晚的球赛搅得心绪不宁，上午写作注意力有点不集中。

快到 11 点时，夏小满合上笔记本电脑，开车下山。她约了黄恬恬中午见面。

火锅店里座无虚席，雾气腾腾。

店内很应景地放着一个苦情歌手的老歌："雨一直下，气氛不算融洽……"

夏小满和黄恬恬头上戴着一次性透明浴帽，防止火锅味钻进头发里。二人坐在靠窗的位置，视野开阔，若是晴天，外面的风景可尽收眼底。此时，雨水紧贴着玻璃汇聚成片，像瀑布一样往下淌。

整个冬天，晴川市都泡在雨水之中，记忆中上次见到太阳，还是在一个月以前。天气预报说，受厄尔尼诺事件影响，我国南方地区今冬降水量大增，日照时数创 57 年来新低。令人绝望的是，阴雨天气仍将持续。

"这雨要下到哪天才是个头啊，人都快发霉了。"黄恬恬望着窗外的雨幕，愁容满面。黄恬恬在医院做编外护士，收入不高，还经常会遇上奇葩病人和家属，心情总是好不起来。

夏小满说：“是啊，我怀疑地球是不是停止自转了，一个月没见过日出日落了。”

“作家的想象力就是不一样。”黄恬恬露出钦佩的表情。

戴着黑色礼帽的服务生送来菜单，黄恬恬拿起铅笔勾完了菜单，交还给服务生。

“对了，小满，这两天没什么事吧？”

“有事，我现在能坐在这里吗？”

“那就好。”黄恬恬放心了，“那天接到你的电话真的把我吓死了，你要是有个三长两短，以后谁请我吃火锅啊。”

夏小满“扑哧”地笑了：“今天让你吃个够，祝你胖三斤！”

“说实话，我真的挺佩服你的胆量，一个人敢住进深山老林。”

“没办法，谁让我爱上了全天下最孤独的职业。”

“总之，以后要小心。”

“嗯，我知道。”

方形不锈钢锅里“咕嘟咕嘟”地冒着泡，香气四溢。夏小满捞起一块毛肚，放进蒜油碟翻来覆去地搅拌，犹豫半晌才开口：“恬恬，我告诉你一件事，你可能会觉得我疯了，但是我真的没疯，你要相信我。”

“你没事吧？”黄恬恬的身体前倾，瞪大了眼睛打量她，“你这个样子，我已经觉得你不大正常了。”

“那天晚上的事是有点蹊跷。”

“你刚才还说没事。”

“我是说那个接到我报警电话的人。”

“没见过这么不靠谱的警察，真要指望他救命，十条命也不够他耽误。”黄恬恬想起这事，气不打一处来，义愤填膺道，“你有没有投诉他？”

"他不是警察。"夏小满摇头道。

"不是警察，那他怎么会接到电话？"

"我告诉你一个秘密，连男朋友也不许说，你能保密吗？"

"能！"黄恬恬郑重地点头。

夏小满放下筷子，把这两天和丁冲的电话交往经过，原原本本地说了一遍。黄恬恬听得很认真，时而点头，时而双眉紧锁、若有所思的样子。夏小满絮絮叨叨地讲完，她捂着嘴咯咯地笑了，肩膀抖动得很厉害："想男人想疯了吧？"

"你觉得很好笑，是吧？"夏小满的眼前飘过四个字：对牛弹琴！

"我不是这个意思。"黄恬恬连忙摆手，仿佛是要驱散脸上的笑意，"是你构思的新作吧，这个故事太有想象力了，写出来肯定畅销。"

"我刚才说的每一个字都是真的，绝无半句虚言。"夏小满正色道。

"小满，你一个人在山上与世隔绝，有时写作过于投入，是有可能会把现实和想象搞混。据说有的演员演戏时也会出现这种情况，入戏太深，好几个月都出不来。以后你要多跟社会接触，比如请我吃火锅、陪我逛街买衣服，自然就好了。"

"就知道吃吃吃，买买买。"夏小满佯嗔。

"《闪灵》看过吗？"黄恬恬忽然问。

"当然看过。"夏小满不假思索道。

《闪灵》是恐怖大师斯蒂芬·金的经典之作，讲述一名作家大雪封山时在山上闭关写作，不幸被孤独逼疯，竟然追杀老婆和儿子。夏小满看过原著小说和电影，而且不止一遍。她猛地反应过来，一脸受伤的样子："我拿你当最好的朋友，你却把我当神经病。"

"让我想想，你的意思是说……"黄恬恬努力做出严肃的表情，似乎在斟酌用词，"你遇到了一个来自两年之后的人，他生活在另一个平行宇宙？"

“没错。”夏小满急忙点头，感动得差点热泪盈眶，这榆木脑袋总算开窍了，“起初我也不信，但是他把那场比赛的结果完全说中了，连进球队员的名字都准确无误。”

黄恬恬摇了摇头，说：“这种骗术并不高明，无非是个概率游戏。也许他同时勾搭了十个女生，分别预测十种比赛结果，只要样本数量足够多，总有一种是对的。而你，碰巧听到了正确的结果，才会深信不疑。”

“算了，当我没说，我知道你不会信的。”夏小满抱起胳膊靠在椅子上，彻底绝望，不想再做无谓的抗争。

“虽然我暂时无法理解，但我相信你。”黄恬恬凝视她的眼睛。

“真的？谢谢！”夏小满的脸上绽出笑容，心底涌起些许感动。检验友谊的唯一标准，就是帮亲不帮理，就算全世界都怀疑你，她依然无条件地相信你、支持你。她很庆幸有这样的朋友，哪怕只有一个，也足慰平生。

从火锅店出来，二人摘下头上的浴帽，塞进门口的垃圾桶。在电梯口分手时，黄恬恬忽然问：“你问了他今年亚洲杯哪支球队会夺冠吗？”

“问了。”夏小满说，“他说卡塔尔队会以3：1击败日本队夺冠。”

“看来我该去买彩票了。”

“祝你中奖！”夏小满向她挥手再见。

电梯里弥漫着浓重的火锅味，夏小满拿出手机，打开照片查看停车位编号。有一次，她忘了停车位置，就在三层的地下停车场，挨个去找，一个多小时后才找到车。从那以后，她就吸取了教训，停车先拍照。

夏小满上了车，刚系好安全带，手机响了一声，是黄恬恬发来的微信留言：“小满，我前不久认识一个心理医生，加了微信。哪天有空，我们去他的诊所喝茶，每个人或多或少都会有点心理问题，这种事不丢人。”

6. 平行宇宙

晚饭时间刚过不久，对于习惯夜生活的人来说时间还早。酒吧里的人不多，丁冲和高更靠在吧台上，酒保正在柜台里专注地调酒。

高更，个子却不高，小平头，高度近视，穿一件皱巴巴的榨菜色休闲西装，明显比身体大一号。丁冲总怀疑他这件西装是偷来的，从来没敢问。

高更说："大记者，你每天那么忙，今天怎么有空想起老同学了？"

丁冲白了他一眼："叫你喝酒需要理由吗？"

"不需要。"

"这不就得了吗？"丁冲说，"最近忙不忙？"

"唉，那帮小兔崽子真不让人省心。马上就要全市联考，要是考砸了，我这张老脸往哪搁啊？"高更大倒苦水，一副恨铁不成钢的样子。

"高老师，你也有今天。"丁冲大笑，幸灾乐祸道。想当年读书的时候，高更也是让班主任头疼的角色，逃课、打架、早恋，什么坏事都干尽了。丁冲想过一万种可能，断没想到他将来会当老师，真的是报应。

丁冲和高更是同桌兼同床好基友，读高中时，他们嫌男生寝室味道太销魂，便在学校附近合租了一间房。高更大学毕业后，就在晴川市工作，当高中物理老师。丁冲刚到晴川时人生地不熟，没少麻烦过高更，还在他家寄宿过几天。

闲聊了一阵，喝完两杯酒，高更抬腕看表，说："没什么事，我先走了。下晚自习之前我得去教室里瞧瞧，现在的小屁孩不比我们那时候，稍微放松一下就能上天，改天再陪你喝酒。"

丁冲只好说实话："最近遇到点麻烦事，想和你聊聊。"

高更刚挪开的屁股又坐回去了。"我在晴川这么多年，三教九流的朋友也认识几个，没有我摆不平的事。"高更大言不惭道，"说吧，什么事？"

江山易改，本性难移。过了这么多年，这小子爱吹牛的毛病仍未改掉，不过丁冲听着心里还是一热。他说："老高，我最近认识了一个女人。"

"命犯桃花，可喜可贺。"一说到女人，高更顿时两眼放光。

"如果我告诉你，我认识一个两年前的美女，你会相信吗？"

"好事啊！说来听听，有什么搞不定的，哥给你拿主意。"高更兴致高涨，也不着急走了。高更英年早婚，去年就当了爹，在老婆和学生面前必须装出视美女如粪土的样子，着实憋得难受。

"我是说，她活在两年前的世界里。"丁冲知道他想歪了，马上纠正。

"谁的新欢不是别人的旧爱？"高更满不在乎道，"如果你真的喜欢她，就别在乎她的过去。再说了，人家遇到你之前的事情凭什么要对你负责，也没法对你负责啊。明白我的意思吗？"

丁冲不想打哑谜了，鼓足勇气道："这么说吧，你相信平行宇宙吗？"

"平行宇宙？"高更盯着他的脸，像看怪物似的，先是一脸错愕，突然狂笑起来。

"算了，我知道你心里在想什么，你肯定以为我精神错乱，其实我也这么认为。”丁冲早有心理准备，把杯中的酒一饮而尽，等着他劈头盖脸的挖苦。没想到他说出的是：“信，完全相信！”

丁冲反而不信了：“老子很认真地和你讨论问题，你严肃点好不好？”

“谁跟你开玩笑了，我研究很多年了。”眨眼间，高更仿佛换了个人似的，目光突然深邃起来，变得深不见底。

又在吹牛，丁冲从没见过他这副德行，有点拿不准，问：“真的想听？”

“你刚才说的美女在哪？快带我去见她。”高更显得急不可耐。

“其实，我们也没见过面，只在电话和微信里聊过。”

丁冲做记者这么多年，还原事实是他的长项，三言两语就把事情的来龙去脉讲清楚了，条理清晰，重点突出。高更默默地听完，起身道：“走，去我家，我给你看样东西。”

二人在酒吧门口拦了一辆出租车，半小时后就到了高更家。高更走进书房，翻箱倒柜地找出一本发黄的笔记本，是一本剪报，里面记录了各种奇异事件。

事件一：“东京羽田机场神秘时空旅人事件”。

> 1952 年 8 月，一名白人男子出现在东京成田国际机场。当海关人员质疑他的身份时，他自称来自塔里德国，并出示了护照，地图上却找不到这个国家。他非常愤怒，坚称塔里德国已存在了上千年。随后，这名男子在两名机场人员的陪同下待在一个房间里。两天后，此人却离奇消失，再也没人见过他。有人相信，在另一个平行宇宙里确实存在着塔里德国，这名白人男子是一个时空旅行者。

事件二：“自来未来的车祸受害者”。

1950 年发生在美国纽约时代广场……

丁冲知道高更是科幻迷，却没想到他从中学时代就开始悄悄地收集这些资料，竟然集齐了满满一大本，不禁刮目相看。

高更说：“现在相信了吧？平行宇宙的确存在。这些年，我一直在收集证据。”

丁冲半信半疑，却无力反驳，自己正在卷入这种诡异的事件当中。“夏小满这件事怎么解释？”

“这么跟你说吧。”高更双手举到胸前，仿佛站在讲台上讲课。

高更滔滔不绝地说起来，丁冲凝神倾听，大致听明白了他的意思。

丁冲和夏小满分属两个不同的时空，就好像在同一条铁轨上行驶的前后两列火车，里面坐着一样的人，发生着一样的事。两列火车以同等速度行驶，前后相隔两年，本来是彼此隔绝的，井水不犯河水，但偶尔会发生一些意外事件，使两个时空能相互感知对方的存在。

现在已知两个时空：夏小满生活在 2019 年的时空，丁冲生活在 2021 年的时空。在夏小满的时空里，也就是 2019 年，会有一个小两岁的丁冲；而在丁冲现在生活的时空里，也会有一个年长两岁的夏小满。

正常情况下，2021 年的丁冲只会遇到 2021 年的夏小满。但是宇宙在运行过程中出现了小 Bug，阴差阳错，使两个平行宇宙发生了不可思议的连接，2021 年的丁冲联系上了 2019 年的夏小满。当然，从目前情况来看，他们只限于通信联系，身体无法穿越到对方的时空。

高更问：“今天是什么日期？”

丁冲说：“2021 年 1 月 8 日。”

高更又问：“两年前的今天，你在哪里？”

丁冲说：“2019 年 1 月 8 日，我还在上海。”

高更说：“这就对了。前年这时候，你在上海，夏小满在晴川。假如夏小满去上海的话，理论上是可以找得到你的，但是前年的你根本不认识夏小满，你可能会以为碰上了神经病。”

有点意思，丁冲若有所思道：“既然两个时空发生了连接，那为什么只有我和夏小满能联系上呢？”

高更伸出两根手指：“这种现象，只有两个字可以解释。”

“哪两个字？”

“天意！”

“废话。”丁冲大失所望，

“宇宙从大爆炸到现在已经存在 137 亿年了，倘若我能说得清，那就不是得诺贝尔奖的问题，我死后就要和牛顿、爱因斯坦葬在一起了。”

丁冲心想，做梦吧，就算英国人答应，中国人民也不会答应。高更用慈祥的目光看着他，像在循循诱导一个懵懂无知的中学生：“明白我的意思吗？”

“不明白。”丁冲直接摇头。

“黑箱理论听过吗？”高更自问自答，“就是把我们暂时不知道的领域称为‘黑箱’。比如说开车，对于大多数人而言，发动机和变速箱的工作原理就是一个‘黑箱’。搞不懂没关系，你只要会正确操作，就可以开着这辆车去你想去的地方。”

丁冲的脑子里还装着一大堆问号，听他这么说，觉得没必要再问了。

第二天下午快下班时，丁冲收到一个自拍视频。

出现在画面上的是夏小满：波波头，鹅蛋脸，高挺的鼻梁，眼睛大而明亮。她左手执伞，右手举手机，从右上角往下拍。镜头拍到雨伞的一角，雨水顺着伞檐往下淌，她那里正下着雨，能听到淅淅沥沥的雨声。

“现在是 2019 年 1 月 9 日下午 4 点 52 分，我站的位置是在烟波大道。”夏小满指着前面的老房子说，“看见没？这就是我的工作室，兰若轩。”

然后，她原地转身，镜头对准马路对面的建筑物，“晴川市茶叶研究所”的招牌出现在画面中。“这是我家对面的晴川市茶叶研究所。”夏小满对着镜头露齿一笑，“丁冲，现在你该相信了吧，我真的没骗你。”

整段视频画面是连续的，没有剪辑的痕迹，丁冲反复看过好几遍了。而且她叫出了丁冲的名字，他们互相知道名字，也就是最近几天的事情，视频的真实性无须怀疑了。夏小满的时空的确是在 2019 年，而且现在正下着雨。

丁冲想起高更说的一席话。如果是在三天之前，有人跟他讲平行宇宙，他必会嗤之以鼻，把对方驳得体无完肤。可是现在，事实就摆在眼前，不由得他不信。

丁冲走到窗前，抱起胳膊，向远处眺望。站在晴川报业大厦 22 楼，奔腾的晴川河尽收眼底，夕阳的余晖慷慨地洒满河面，泛起金色的光芒。

时光如流水，浩浩荡荡，奔流不息。

他想起张若虚的诗句：“人生代代无穷已，江月年年只相似。不知江月待何人，但见长江送流水。”倘若张若虚有此奇遇，还会感叹时光一去永不回吗？

往事不仅只能回味，也许还可以重来。

2021 年 1 月 9 日，那个阳光灿烂的下午，丁冲第一次见到夏小满的真容。她有日出般的笑容，声音也很好听。

丁冲对着手机邪魅地一笑：“小满，想不想看 2021 年的夕阳？”

7. 通信规则

时光顺流而下，2019 年的第一个月转眼过去了。

2 月 1 日晚上 10 点，第 17 届亚洲杯决赛在阿联酋扎耶德体育场开赛。夏小满早早地守在电视机前，看完了整场比赛直播。卡塔尔队 3∶1 战胜日本队，首次夺得亚洲杯冠军，成为本届亚洲杯最大的黑马。

夏小满马上给黄恬恬打电话，问她买了彩票没有。黄恬恬在睡梦中被吵醒，迷迷糊糊地说忘了。黄恬恬并不关心足球，那天在火锅店，夏小满告诉她卡塔尔队会夺冠时，她根本不信。

夏小满告诉她，亚洲杯决赛刚刚结束，比分和丁冲“预测”的分毫不差。黄恬恬惊得下巴差点掉下来：“天啊，真的有这种事？”

夏小满不再搭理她，又给丁冲发微信：“睡了吗？”

“没呢。”丁冲用语音秒回，“我身边这哥们儿可能要一睡不起了。”

丁冲正在车祸现场采访，警灯闪烁，几名穿着反光背心的交警来回走动。一部小轿车从立交桥上飞了下来，倒扣在地上，四轮朝上，像翻了面的乌龟一样无助。司机被方向盘紧紧卡住，浑身血污，昏迷不醒，身上散发出刺鼻的酒气。

“你赢了！”夏小满说。

“我赢了什么？”丁冲不解道。

“我刚看完亚洲杯决赛。”

“你是说前年的比赛啊。”丁冲反应过来，马上纠正，“是卡塔尔队赢了。”

消防员拿出工具，开始对车体进行破拆。

“我正在采访，晚点回复你。”丁冲把手机揣进兜里，凛冽的寒风像刀子一样刮在脸上，他缩了缩脖子，竖起衣领，向事故车对面走去。十多分钟后，司机被抬了出来，已无生命体征。丁冲摇了摇头，上了自己的卡罗拉。

回家的路上，丁冲开得很慢，刚才的画面还在脑海里萦绕。半路上手机响了，是父亲打来的，他吓了一跳，这么晚不会有什么事吧？

他戴上蓝牙耳机，接通电话。父亲说，今晚睡不着，坐在床上看电视；问他睡了没有。他说刚结束采访，正往回赶。然后母亲也凑了过来，问他哪天回家过年，直到无话可讲才挂断。

路过奥体中心，五月天的演唱会刚刚结束，人群像潮水一样涌出，然后流向四面八方，消失在茫茫夜色之中。丁冲在深夜赶路，脑海里出现父母坐在床上看电视的画面，又想起夏小满，她这时应该还在伏案写作吧。

同是在此刻，有人结束了一天的忙碌，有人一天的工作才刚刚开始；警察在值班，小偷在踩点；有人出生，有人死去；有人狂喜，有人悲泣；鹰击长空，鱼翔浅底；晴川夜色朦胧，地球的另一端旭日东升……

同一个时间点，无数人在各自的空间里干着自己的事，互不相干，井然有序。地球上住着 70 亿人，几乎每一个人都是平行的，只有极少数人的行为会对你产生影响。丁冲忽然有一种当头棒喝、大彻大悟的感觉，这不也是“平行宇宙”吗？

快过年了，大街小巷的年味渐渐浓起来，丁冲开始思念老家的暖气和羊肉泡馍。晴川已进入隆冬时节，他盼望冬天快点过去，南方的湿冷深入骨髓，着实让他难以招架。

丁冲每天在各个新闻现场之间奔波，日子过得忙碌而充实。他在晴川的人际关系非常简单，报社同事和新闻线人只能算是合作伙伴。真正的朋友，除了高更和田卫国，就只剩下夏小满了。

这些天通过反复尝试，丁冲渐渐摸清了通信规则：只有他和夏小满两个手机号能单线联系，换了手机也不行，必须同时保证号码和手机不变才能通信；可以打电话，但不会留下通话记录；可以发微信，但是不能发红包或转账，互相看不到微信朋友圈，仅限于聊天。

起初，丁冲还想弄清楚其中的奥秘，很快就英明地放弃了，这是不可能完成的任务。发生这种事情的概率接近于无限小，就像地球孕育出了生命一样神奇，充满了意外和偶然。这种事情也许只能发生一次，不能复制。

除高更之外，无人知晓他们的秘密。丁冲是新闻人，不想把自己变成新闻人物，只想躲在电脑背后安安静静地写报道。他深知舆论的威力，不想给夏小满惹上任何麻烦，最保险的做法就是守口如瓶。

夏小满这段时间充满焦虑。她的第四部书《凶手夜未眠》半年前出版，上架后反响平平，批评的多，赞誉的少，下滑的趋势仍在继续。她都不敢看网上的评论了，眼不见心不烦。

祸不单行，新书的写作也不顺利。夏小满期待的缪斯女神依然不见踪影，灵感迟迟不来，写作进度严重滞后。她怀疑可能是选题不对，干脆放慢了节奏，尽情享受堕落的快感，有事没事就找丁冲聊聊天、扯扯淡。

“丁先生，你好啊！今天下山去办事，追着卖麻糍的小贩跑了一公里，小贩终于被我感动，停车卖了我一碗。”

丁冲回：“为什么不打车去追？”

“丁先生，你好啊！本姑娘下定决心要减肥了：要么瘦，要么死！我连夜抄了一堆大白菜存进冰箱，作为一星期的口粮。为了坚壁清野，我把洗衣粉倒进了盐罐里，锅也收起来了，现在蟑螂到我家都得自带午餐。”

丁冲回：“我猜，你家的蟑螂已哭晕在厕所了。”

“丁先生，你好啊！昨晚，我做梦当了一夜的大厨，给朋友炒菜做饭，烤了比萨，做了面包，还包了馄饨，忙得不亦乐乎。然后，我就饿醒了，起来喝了杯水充饥。”

丁冲回复：“可怜的孩子！”

“小满，今天下午，我去采访了一个火灾现场。一家工厂的仓库着火了，大火烧红了半边天，火光共夕阳一色，绚烂至极。我从未见过如此壮丽的景象，在漫天的火光中，忽然觉得很美很美。幸好没有造成人员伤亡，我为自己有这种想法而感到惭愧，不敢告诉任何人。可我还是觉得很美，我是不是很冷血？”

夏小满回：“天啊！我也觉得很美。”她连发三个捂脸苦笑的表情。

丁冲大吃一惊：“不会吧？”

随着交往加深，丁冲渐渐发现他和她竟然有许多默契。有时，他想说但还未说出口的话，她就先说出来了。他们有聊不完的话题，聊到最后，又发现观点出奇的一致。

“丁先生，你好啊！我最近重读《聊斋志异》，发现里面的女主有三种：年轻貌美的小姐、年轻貌美的女鬼、年轻貌美的狐狸精。男主也分三种：会弹琴的书生、会打架的书生、不怕鬼的书生。结论：女人要漂亮，男人要读书，其余都是浮云。”

丁冲问：“你也喜欢《聊斋志异》？”

夏小满说："我最崇拜的作家就是蒲松龄。"

丁冲从小爱读聊斋故事，家里收藏的《聊斋志异》至少有五种版本以上。全书四百九十一个短篇，被影视改编最多、最广为人知的是《画皮》和《聂小倩》，丁冲却最喜欢《叶生》。

《叶生》是一个关于知己的故事。一个姓叶的落魄书生为了报答知遇之恩，一路追随恩师，竟不知道自己早已是阴间之鬼。最后真相揭开时，令人毛骨悚然，却又感人至深。蒲松龄在结尾感叹："魂从知己，竟忘死耶。"

丁冲被这个故事深深打动，能背诵全文。他没想到，夏小满也是《聊斋志异》迷，最喜欢的也是《叶生》。

夏小满是从写作技巧的角度来分析的。电影《灵异第六感》结尾的那个惊天大逆转，曾让她五体投地，奉为经典。后来，她居然在《叶生》里看到一模一样的悬念设置，蒲松龄的创意比《灵异第六感》早了三百年。

"原来蒲松龄才是最牛的悬疑大师啊。"

"对啊，《灵异第六感》我也看过，我怎么没想到。"丁冲很久没和别人这么痛快地谈过《聊斋志异》了。二人一直聊到深夜，意犹未尽。夏小满说，成龙的《神探蒲松龄》2019年春节就要上映了，她很是期待，到时一定要去电影院看。

丁冲前年春节看过这部电影，口碑扑街，导演都发长文向观众道歉了。丁冲知道她看了会失望，本想劝她别看，想了想还是忍住没说，觉得没必要剧透。

终究是两个世界的人，丁冲不想搅乱她的生活。

8. 密室疑案

春节长假，丁冲回了趟西安老家，除了走亲访友，大部分时间都在家看书。他在网上搜了夏小满的作品，发现她从 2019 年之后就没有新作品面世了，看来她的新作写得不顺利，按说现在书店就能买到了。

春节期间快递歇业，丁冲去书店买了夏小满的处女作《晴川谜事》，用了两个晚上读完。翻完最后一页已到深夜，丁冲把书合上，拿起手机给夏小满发微信："刚拜读完你的大作。"

"哪一部？"夏小满问。

"《晴川谜事》。"丁冲听到那边传来呼呼的风声，问，"你在外面？"

"我在普吉岛数星星呢。"夏小满光脚踩在沙滩上，仰望满天繁星，晚风拂面，耳畔传来阵阵涛声。她顺手拍了张照片，发给丁冲。

"真美！我还没去过泰国，羡慕嫉妒恨！"

"男人的天堂，你真的应该来开开眼界。"夏小满坏笑道。

"春节肯定走不动，过年不回家，我爹妈会杀了我的。"

夏小满哈哈大笑："这都一样，我也是来陪爹妈过年，哪都甭想去。"

夏小满是家里的独生女，每年春节，不管多忙都要去泰国陪父母过年。往年，一家人都在曼谷团聚。今年，在夏小满的提议下，去了普吉岛。

夏小满兴致很高，继续说道："不是你说的吗？有时间就多读书，多去看看星辰和大海。你在读书，我在看星辰和大海，瞧咱们俩多默契。这叫什么来着？对了，心有灵犀一点通。"

"有时间就多读书，多去看看星辰和大海。"这句话是丁冲的微信签名，没想到她都背下来了。丁冲截断话头，回到正题："你那本《晴川谜事》我一口气就读完了。"

"怎么样，你觉得还行吗？"

"很精彩的小说，人物个性鲜明，悬念迭起，特别是开头很吸引人。我猜了几次都没猜到凶手，情节也没什么明显的漏洞，实属难得。"

"谢谢！"夏小满发了一个愉快的表情，"夸了这么多，现在可以说实话了吧？"

丁冲有点慌张，自己心里想什么，仿佛都被她看见了。这种默契既让他欣喜，又有点不安："那我就实话实说？"

"放心，本姑娘皮糙肉厚，不惧怕任何打击。"

"感觉其他方面都还好，就是破案的过程有点不真实。"

"举例说明？"

"比如说你书里写的第二起杀人案。警察在现场提取到了凶手的血液 DNA，虽然没有比中犯罪嫌疑人，凭现在的法医技术还可以检验 Y 染色体，查到凶手的家系，排查范围就小得多了，不用大海捞针那么费劲，也不存在柳暗花明、峰回路转，三板斧就能搞定。所以，命案必破不是警察吹牛，命案反而是所有案件中破案率最高的。"

"哇，没想到你这么专业！"夏小满送给他一个大大的赞。

"略懂，我在上海工作时采访过杀人案，认识几个警界的朋友。"丁冲故作谦虚道，"警察就是一群肩负特殊使命的普通人，没你写的那么神奇，现实中也不是靠推理来破案的，以前的很多错案就是推理推出来的。现在有大数据，侦查手段比以前丰富多了，科技才是第一破案力。”

“你说得都对，不过你想过没有，这么写有人愿意看吗？”

“不知道。”丁冲真的没想过这个问题。

“我来告诉你吧，通俗小说家的任务其实是造梦，帮助人们暂时逃离操蛋的现实，获得审美或情感上的满足。否则，不如去看真人秀或网络直播，但这两种节目为了满足观众需求，也常常会造假，只是看起来像真的。如果你写一个平淡无聊的真实故事，没人会感激你的诚实，反而会觉得浪费了他们的金钱和时间。”

“但我还是觉得真实很重要。”丁冲的内心已经有点动摇了，却不肯轻易认输。

“真实，是新闻写作的原则，并不适合小说。我问你，《聊斋志异》《异形》《蜘蛛侠》哪个是真实的？为何风靡全球？怎么解释？人类发明了录音机和照相机，为什么还需要音乐和绘画艺术呢？小说是艺术的一种，不一定要真实，但是必须合理。”

丁冲被驳得体无完肤，五体投地，不由得想起那句话：不要用你的业余爱好去挑战别人的职业。

春节过后，丁冲返回晴川，给同事们带去了家乡特产——陕北大红枣、富平柿饼。大多数人还陷在假期综合征中无法自拔，一时半会儿无法进入工作状态，报社几个热心大姐锲而不舍地给他介绍女朋友，都被他婉拒。八卦渐渐滋生蔓延，有人怀疑他的性取向："这么帅的小伙，怎么会没有女朋友，不会是那个吧？”

丁冲听到她们窃窃私语，毫不在意，一笑了之。

2 月很快就过去了，转眼就到了 3 月。

报社组织全体员工去鹦鹉山团建，并开展义务植树活动。植树点在桃花谷，天空下起了毛毛细雨，山上桃花盛开，娇艳欲滴。新闻部主任吴芳触景生情，不禁吟起了诗：“去年今日此门中，人面桃花相映红。人面不知何处去，桃花依旧笑春风。”

丁冲想起一些往事，心渐渐被濡湿，忽听到伍光辉在后面小声嘀咕：“那个老妖婆又在思春了。”引得众人一阵哄笑，丁冲回头一看，恶狠狠地瞪了他一眼。伍光辉讪讪地缩到后面去了。

晚上，丁冲和田卫国在乒乓球馆大战了三百回合，不分胜负。二人转移战场，到夜宵摊上继续再战，比赛项目改成了喝酒。

丁冲说：“老田，你干了一辈子警察，有没有遇到过特别有意思的案子？”

田卫国说：“有啊，我年轻时在刑警队，什么案子没见过。”

“真看不出来，你还干过刑警？！”丁冲顿时肃然起敬，又敬了他一杯。

“先说个案中案。”田卫国飘飘然打开了话匣子，“一个女工跑来报案，说下晚班时，被一名男子拦路强奸。法医马上取证，不料从她体内提取到两名男性的精液成分。我说，把你老公叫来吧，我们只有先把你老公排除掉，才能确定嫌犯的DNA。她忽然说不想报案了。”

丁冲说：“这种事情确实难为情，她不想让老公知道，也是可以理解的。”

“如果是这样，倒是小问题。”田卫国摇头道，“麻烦的是，她老公在外省打工，半年都没回过家。”

“啊？！”

“经过我们反复做思想工作，她叫了一个男人过来比对。后来强奸犯抓到了，我们也信守承诺替她保密，她老公一直不知道还有案中案。”

“有意思。”丁冲笑道，“那有没有破不了的案子呢？”

“有啊，不过，不是我经办的。”

“快说来听听。”丁冲催促道。

田卫国点着一支烟，猛吸了两口，目光盯着斜上方的一个点，渐渐聚焦。穿过袅袅的烟雾，丁冲看见他额头上的抬头纹像山川河流一样蜿蜒起伏。那个案子有太多匪夷所思的地方，虽然时间过去快两年了，田卫国对每一个细节仍记得清清楚楚。

2019 年 4 月 9 日晚，鹦鹉山发生了一起凶杀案，被害人是一名年轻女性，在自己家中被杀。那是个罕见的大雾天，晚上 10 点开始起雾，很快就大雾弥漫。山上雾气尤其严重，对面不见人，直到第二天中午浓雾才散尽。

案发现场是鹦鹉山月亮湾的一户民房内，独门独户，周边没有邻居。报案人是死者的闺蜜。4 月 10 日下午 2 点，她去死者家找人，敲门没人应，打电话也不接，但是听到手机一直在房内响。

她想进去，却发现所有门窗都从里面反锁了，且窗帘紧闭。她觉得奇怪，透过窗帘缝隙往里窥视，看见死者倒在书房的地板上。此时救人要紧，她找到一块砖头，打碎玻璃翻窗而入，发现人已死亡。

接到报警后，田卫国第一个赶到现场。报案人有现场保护意识，报案后就没再动过屋内的任何物品。田卫国是从打破的窗户爬进去的，确定人已死亡后，他检查了所有门窗。

房子是当地常见的单层民房，总共有五个出入口：一扇入户防盗门，前后四扇窗户，均为铝合金推拉窗。防盗门已反锁，所有窗户都从里面扣上了搭扣。也就是说，案发现场是一个完全封闭的密室，连一只苍蝇都飞不出去。

凶手却像空气一样消失了。

刑警和技术人员随后到达现场。现场未发现指纹、毛发等痕迹物证和生物检材，说明凶手仔细清理过现场。死者脖子上有明显勒痕，法医鉴定属机械性窒息死亡，应该是凶手趁其不备，用绳子从背后将其勒死，推断死亡时间是在 4 月 9 日晚 10 点至次日零点之间。

死者的 LV 包放在主卧室的床上，刑警在包内找到了防盗门钥匙。

密室杀人案！丁冲听得入了迷，以前在小说里看过的情节，竟然在现实中发生了。

丁冲说："也许，凶手有备用钥匙或者偷配了钥匙。杀完人后，从大门出来，再从外面锁上了防盗门。"丁冲说完就有点后悔，老毛病又犯了，在别人吃饭的行当里指手画脚，多半是要被打脸的。

果然，田卫国笑道："专案组成员都是经验丰富的老刑侦，连你都能想到的问题，你觉得他们会想不到吗？凡是具备这种条件的人都是重点排查对象，总共就那么几个，全都排除了作案嫌疑。"

"凶手究竟是用什么办法出去的呢？"

"密室之谜，恐怕只有等抓到凶手才能解开。"

"真的是匪夷所思。"

"还有比这更诡异的事情。"田卫国吸了口烟说。

"什么事？"丁冲急忙问。

"死者家的猫也被勒死了。"

"猫？"

"对，一只半岁的黑猫，一同被杀。"田卫国点头道，"真的是活见鬼！我活了大半辈子，自以为见多识广，什么稀奇古怪的事没见过。这种案子还是头一回遇到，闻所未闻，算是开眼界了。"

"为什么要杀猫？"丁冲喃喃地说，"也许是凶手担心猫认出了他，或者可能泄露什么重要信息，才杀了它灭口吧。"

"见过杀人灭口的，没听杀猫灭口的。刚开始，大家都这么猜，也是顺着这个思路走，最后却发现走不下去了。"田卫国在案发时，到过现场，但他不是专案组成员，未参与破案，后面这些都是听来的。

“案子破不了，就这么悬着吗？”丁冲问。

“还能怎么着？总不能随便找个人来抵数吧。”田卫国苦笑道，“现场之谜解不开，专案组只好转变侦查思路，着重从杀人动机和死者的社会关系入手，也没有收获。时间拖得越长，破案的希望就越渺茫。”

“你刚才说，死者是年轻女性，有没有可能是情杀或者仇杀呢？”

“死者是个单身作家，离群索居，与世无争，交际面不广，这两种可能性都不大。”

鹦鹉山，作家！丁冲的心里掠过一丝不祥的预感，急忙问：“死者叫什么名字？”

田卫国抿了口酒说：“夏小满。”

9. 监狱调查

“小翠，你的脸越来越大了。人怕出名猪怕壮，男怕没钱女怕胖。你是女生，要懂得节制，再这么胡吃海喝，将来会嫁不出去的，要少吃、多运动……”

小翠只顾埋头大吃，毫不理会夏小满的苦口婆心。

夏小满无奈地看着小翠，摇头道：“你是不是嫌妈妈越来越唠叨了？妈妈都是为了你好。”

小翠似乎吃饱了，心满意足地抹了抹嘴，长长地伸了个懒腰，抬头看夏小满，一双蓝宝石似的眼珠晶莹剔透。小翠是个高冷的女生，与妈妈最亲昵的互动就是用目光凝视她。看见那双梦幻般的眼睛，夏小满的心瞬间被萌化，把小翠揽入怀中。

小翠是一只猫，通体乌黑，全身没有一根杂毛。

半个月前，黄恬恬把它抱来时，夏小满正在重读《聊斋志异》。书里有个叫小翠的狐仙，法力超强，古灵精怪。夏小满很喜欢这个狐仙，就给它起名为小翠。

有小翠和小度陪伴左右，夏小满在山上的独居生活并不觉得寂寞。

进入 3 月，终于盼来了久违的晴天，阳光照耀大地，鹦鹉山重新焕发出勃勃生机，草长莺飞，杨柳吐翠。夏小满早上出去跑了步，回来给小翠张罗完早饭，又忙着洗晒衣被。

小度在放着歌：“像我这样优秀的人，本该灿烂过一生，怎么二十多年到头来，还在人海里浮沉……”歌声流淌，夏小满边哼着歌，边搓着衣服，感觉整个人从里到外都敞亮了。

手机铃声响了起来，夏小满对着屋里喊道：“小度，小度。”

音乐戛然而止，小度回道：“嗯，你说。”

夏小满说：“别唱了。”

小度不再发出声音，进入静默状态。夏小满冲掉手上的泡沫，走进客厅接电话，来电显示是文化公司老总谷健。夏小满的脑海里浮现出一张白胖的圆脸：“谷哥。”

谷健爽朗笑道：“小满，没打扰你写作吧？”

夏小满说：“没，刚在洗衣服呢。”

“那就好。很久没听到你的消息了，新作写得还顺利吧？”

“不顺利。”夏小满不想再撒谎了，干脆坦白从宽。她以为谷健听到这个坏消息会大吃一惊，没想到，他只是淡淡地“哦”了一声，原因是他带来了一个更坏的消息。

“你的《凶手夜未眠》情况不大理想，我想还是及时和你沟通一下。现在，纸质书积压比较严重，有些书店已经提出退货了，电子书和有声书的数据也不乐观。原来几家有意向购买影视版权的公司也都退出了，现在影视公司都在过冬，你应该有所耳闻了。”

“嗯，我知道。”出道以来，头一次遭遇滑铁卢，夏小满有些茫然，不知所措。按照以往的经验，她的新书在出版半年内，就要加印，这次肯定没戏了。虽然她心里有所准备，但当听到这些话后，结果比她预想的还要糟，突然间还是有点难以接受。

“你的写法没有问题，我是充满信心的。”谷健安慰道，“大环境变了，读者的口味在变，看来咱们也要变一变。”

“怎么变？”夏小满弱弱地问。

“现实题材越来越受欢迎，如果在你的悬疑故事中加入更多现实元素，与现实生活再贴近一些，我想读者会喜欢的，影视改编的机会也更大。要是你手上这部书稿写得不顺利的话，不如先放一放，咱们换个选题试试？”

“这个问题，其实我也想过，我再认真琢磨琢磨，不过这需要时间，一下子也急不来。”夏小满与谷健合作这么多年，最重要的基础就是他们对作品的见解相似，总能想到一起去。现在的问题是她没有这方面的素材储备，巧妇难为无米之炊。

“我倒是有一个现成的素材，就是不知道你有没有兴趣。”

“哦，您说说看。”夏小满眼前一亮，原来他是有备而来的。

“今年春节我参加同学聚会，遇到一个多年未见的老同学，是在监狱当狱警的。大家喝酒闲聊时，这个狱警同学说起一个人。他们监狱原来关押过一名杀人犯，这个犯人的身份有点特殊，入狱之前，是在刑侦部门工作的。”

“他是刑警？”

“不是。”谷健急忙否定，“那个人的身份不是警察，是辅警，就是协助警察做一些非执法类的辅助性工作，没有正式编制的。这个辅警因犯故意杀人罪被判十年，过年前，刚刚刑满释放。”

“杀人才判十年？”夏小满觉得不可思议。

“是的，这个案子有意思的地方就在这里。”谷健说，“那起命案是由他的妻子出轨引发的，辅警约妻子的情人见面，开枪将其射杀。案发后，他一度承认自己杀了人，后来又翻供。由于死者的尸体一直没找到，案子几次发回重审，最后判了十年。”

“那他到底有没有杀人呢？”夏小满感觉有点意思了。

“小满，真相并不重要。”谷健说，“我觉得这是个极好的现实题材，以你的文笔，加以想象和改编，写出来肯定能畅销。怎么样，有兴趣吗？”

“故事原型是挺好的，不过现在掌握的真实素材太少，缺乏细节，恐怕写出来又离现实太远。”

“这个不用担心，只要你愿意写就有办法。”谷健爽朗地大笑，仿佛成竹在胸。

“什么办法？”夏小满追问。

“我刚才只是说了个大概，我同学了解的细节更多。那个人是在晴川监狱服刑，归我同学直接管，他们的关系也不错。晴川监狱应该离你的住处不远，我可以介绍你去找他。”

“那简直太好了，把你同学的电话发给我吧，我去找他。”夏小满心中雀跃。

“你打算什么时间出发？”

“明天。”

“得嘞。”谷健开心道，“我先跟我同学打声招呼，叫他全力配合你。”

一分钟后，谷健发了一个名字和手机号过来，此人名叫孙志杰，职务是晴川监狱三大队大队长。夏小满暗自佩服，谷健果然心细如发，连对方的职务都发过来了，她就不用为怎么称呼对方而发愁了。

方向错了，停止就是前进。

夏小满在焦虑中度过了几个月，刚才这个电话像春风一样，又给她带来崭新的希望。她决定暂时放下手上这本小说稿，轻装上阵，全力以赴地主攻新题材。

夏小满抱起小翠，点着它的脑袋说：“妈妈明天要下山了，你一个人在家乖乖的，不许调皮，明白吗？”

小翠凝视她的眼睛，“喵”了一声，仿佛听懂了。

第二天，睡到自然醒，夏小满推开窗帘，外面阳光灿烂。她打通了孙志杰的电话，说下午过去拜访。孙志杰非常热情，连声说欢迎大作家。电话沟通得非常顺利，显然是谷健已经打过招呼了，夏小满有点惭愧，还不知道谷健把自己夸成了什么样子。

下午 2 点，夏小满给小翠准备好了晚上的口粮，驱车上路。

导航显示，从鹦鹉山到晴川监狱大约有两小时车程。下了高速公路，转入县道，走完一段长长的水泥路，就拐入幸福大道。名字起得高大上，其实是一条砂石路，路面坑坑洼洼。一路上尘土飞扬，飞沙走石，像误入了一个古战场。

夏小满有点心疼她的沃尔沃，怕磕着底盘，尽量放慢车速。

这辆沃尔沃是用她第三部小说的版税买的，感谢老天爷赏饭吃，她从上大学起，就没问父母要过钱。她没有储蓄的习惯，钱花光了，就努力写作；写完了，接着花。巴尔扎克说：“人类对金钱的渴望，是推动社会进步的重要动力。”这话很俗，但夏小满是深深赞同的。

沿着幸福大道走到底，就看到晴川监狱的门楼。夏小满觉得好笑，不知道是谁取的路名，通往监狱的路竟然叫幸福大道。

晴川监狱其实是一个大型农场，是当年围湖造田时从湖区圈出来的。此地三面环水，只有一面与陆路相连，像一个半岛。入口处设了检查站，有持枪的武警把守，守卫森严。这种地形，只有鸟儿可以自由出入。

孙志杰已站在检查站等候，身旁停着一辆踏板摩托车。

“你就是夏作家？”孙志杰看见夏小满从车上下来，一脸的困惑。

“孙队，您好！”夏小满摘掉墨镜，落落大方地上前去和他握手。

“原来是美女作家。我以为作家都是很老的，没想到你这么年轻。”

“谢谢！”夏小满见惯了这种大惊小怪的目光。与别人初次见面，像这样的开场白她不知听过多少次了，并不觉得奇怪。

可能是受语文课本的影响，在许多人的印象中，作家的形象都是老头儿或者老太太。其实，大多数作家的成名作品都是中青年时写的，而人们只会记住他们年老色衰时的样子。电影明星正好相反，不管多老，人们都会记住他们年轻时的样子。

孙志杰看上去 40 多岁，瘦高个儿，脸膛黝黑，头戴草帽，脚上的解放鞋沾满泥巴。夏小满从没见过这种穿越混搭的穿衣风格，感觉有点滑稽。若不是那身藏青色警服，很难看出眼前这个中年汉子与劳改犯有何区别。

孙志杰骑摩托车在前面带路，夏小满开车跟在后面。马路两边是大片的农田，穿着黄马夹的犯人在田里劳动。

10 多分钟后，孙志杰拐进一个院子，夏小满看见门口挂着“三大队场部”的牌子。院内有一幢红色的三层小楼，前面是篮球场。夏小满把车停在篮球场，跟着孙志杰上了二楼办公室。

夏小满在布满灰尘的沙发上浅浅地坐下，问道：“孙队，我刚才看到很多犯人在野外劳动，也没见有人看守，不怕犯人跑了吗？”

孙志杰笑道：“你叫他们跑也不会跑的，不信你去试试。”

夏小满大惑不解：“为什么？”

“那些能出来劳动的犯人，都是刑期不长或者余刑较短的，熬个一年半载就刑满释放了。这时候逃跑不划算，抓回来还得加刑。”孙志杰拿出纸杯，给夏小满倒了一杯水，“当然，有些情况特殊或情绪不稳的，还是要严加看管的。”

寒暄过后，夏小满问：“我听谷哥说，咱们这以前有个犯人，入狱前是当辅警的？”

孙志杰说：“你是说宋凯吧？”

原来，那个人的名字叫宋凯。夏小满说：“给我讲讲宋凯的故事吧。”

“你想了解什么？”

“随便聊，别搞得那么正式。咱们脚踩西瓜皮，滑到哪里算哪里，只要是关于宋凯的事情都可以。”

孙志杰笑了：“这个人不坏，就是命不好。”

孙志杰点燃一支烟，打开了话匣子。

“宋凯是 2010 年 5 月移送到我们这儿来的。此前，已在看守所关押了一年多，罪名是故意杀人。考虑到此人身份特殊，领导特意把他放到我们三大队。宋凯刚来的时候，情绪非常低落，不愿与人交谈。我多次找他谈心，才慢慢了解到一些他的情况。

“宋凯是警校毕业生，算是科班出身，他的理想就是当警察，但是老通不过招警考试。毕业前，他在晴川市公安局刑侦支队实习过；毕业后，就留在那里当辅警，边工作边考警。结婚后，他发现妻子与初恋情人出轨，儿子也是别人的。于是，他与妻子摊牌，约那个男人见面，那天晚上就发生了命案。

“案发时间是在 2009 年 1 月的一天晚上，宋凯与妻子的情人发生了激烈的争吵并打斗，妻子劝架，被宋凯打晕。宋凯情绪失控，用随身携带的六四式手枪向对方开枪射击，然后把尸体沉入河底，毁尸灭迹。这是警方认定的犯罪事实，法院也是以此判决的。”

“宋凯起初承认杀了人，后来又说没有杀人，虽然开了枪，但没有打中对方。奇怪的是，死者的尸体一直没有找到。本案最关键的证据缺失，检察院数次将案卷退回公安局补充侦查，法院以故意杀人罪一审判处他无期徒刑。宋凯上诉，后改判有期徒刑十年。”

孙志杰又接上一支烟，继续说道：“宋凯的遭遇确实令人同情，娶错了老婆，前途毁了，家也散了。他和那些坑蒙拐骗的犯人有所不同，何况也是在警校穿过警服的，在法律允许的范围内，我能关照的地方，都尽量关照他。他的情绪渐渐稳定下来，安心改造，也愿意和我谈心了。

“刚入狱那几年，宋凯一直在写信申诉，坚称自己无罪。但那些信件都石沉大海，没有回音。几年后，他就死心了。他在服刑期间表现良好，与狱友们也相处得很好，多次立功，今年 1 月刑满释放。我们现在还保持联系；春节，他还给我发过拜年短信。”

夏小满问：“你觉得他有没有杀人？”

“这个不好说，我是执法者，我只能相信法律。”孙志杰沉吟道，“不管他以前做过什么，至少我觉得这个人的人品不坏，就是脾气有点急躁。如果你想了解更详细的情况，可以直接去找宋凯，我把他的电话给你。”

“这种事情，人家恐怕不愿接受采访吧？”

“我觉得会。”

“为什么？”

“因为他坚信自己是冤枉的。”

采访结束，天快黑了。孙志杰热情地挽留夏小满吃完饭再走，他说谷健再三叮嘱过，一定要接待好这位贵客，否则他没法向老同学交代。夏小满心中感动，只好借口说晚上有事要办，要急着赶回去。她正在瘦身，不能轻易打乱计划。

回到家，夏小满洗完澡，在躺椅上坐下，打开了笔记本电脑。今天收获不小，心情不错，她要趁着现在头脑清醒、记忆清晰，把白天的采访内容记录下来。她不喜欢用录音笔，别人看见那玩意儿杵在面前，说话时多多少少会有所顾忌，没法畅所欲言。

合上笔记本，夏小满才想起要给谷健回电话。

电话响了一声就接通了，谷健问：“小满，今天怎么样，有收获吗？”

“谷哥的眼光哪错得了，收获很大。案件扑朔迷离，的确是个好素材。”

“那还等什么，赶紧开工呗。”谷健似乎有些迫不及待，“你认真地构思一下，抓紧时间把故事大纲写出来，咱们先把合同签了。”

夏小满说：“先不急，我得认真想想，你给我这么好的选题，千万别让我浪费了。”

谷健大喜：“得嘞，等你好消息！”

挂断电话，夏小满靠在躺椅上，调出了宋凯的手机号码。她的手指悬在拨号键上，还是有点拿不准，宋凯愿意见面吗？

10. 星辰和大海

丁冲从单元门厅出来，向小区大门口走去。

春寒料峭，湿润的风吹在脸上，带来丝丝凉意。早晨刚下过一场小雨，草色青青，紫色的紫玉兰、粉色的桃花、洁白的李花争奇斗艳，开得轰轰烈烈。丁冲当初租下这间单身公寓，除了上班近，很重要的原因就是被这里的优美环境吸引了。

春色满园，丁冲此刻却无心欣赏。那天田卫国说起月亮湾密室杀人案，当听到夏小满的名字时，他的脑子里顿时就炸了，仿佛后脑勺被人拍了一板砖，几乎坐立不稳。

起初，他还心存侥幸，说不定被害人刚好与夏小满同名同姓呢？很快，他就放弃了这种一厢情愿的美好幻想，除了名字一样，职业也相同，都是作家，案发地点虽然有细微差别，却都是在鹦鹉山。用田卫国的话说，发生这种巧合的可能性相当于火车与轮船相撞。

今天是 2021 年 3 月 15 日，夏小满的时空就是 2019 年 3 月 15 日，她那边离案发只剩不到一个月的时间了。

这几天，夏小满都没和他联系，可能是在忙写作吧。丁冲现在还拿不准，要不要把这个消息告诉她。就算她知道了，能否改变她那个时空的历史进程，也是个未知数。在没有厘清思路之前，丁冲决定暂时对她保密。

走进办公室，他冲了一杯咖啡。拿铁，不加糖，是他习惯的喝法。他拿起手机，浏览当天的新闻。记者看新闻与普通人稍有不同，除了关注内容本身，还会关注新闻的采写角度，甚至是标题的写法。

《重磅！晴川轨道交通第二期建设规划调整方案曝光，地铁 2 号线将西延至鹦鹉山》，丁冲的目光停留在标题上，“重磅”这个词已被网络编辑们玩坏了，90% 以上的“重磅消息”其实轻如鸿毛。

神奇的是，人们明明知道是“标题党”，还是会屡屡中招。这是因为人们看到文字信息时，情绪会优于理智在大脑中率先启动。“震惊”“重磅”这些字眼儿能快速刺激人的情绪，增加点击率，屡试不爽。于是，编辑和读者都像吃辣条一样上了瘾，一边痛恨，一边吃得津津有味。

“标题一定要吸睛，如果不被看见，就没有任何价值。”丁冲想起总编的谆谆告诫，点开了标题。消息很短，不出所料，并无爆炸性内容。亮点来自读者评论：“晴川市西郊一直是全市房价洼地，此消息一出，势必带动沿线房价大涨。”

丁冲心有所动，正好借机试探一下。他马上给夏小满发信息：“在吗？”

半小时后，才收到夏小满的回复：“哪有这么打招呼的？”

“我说错什么了吗？”丁冲像个丈二和尚。

“你这种问法，好像怀疑我不在人世似的。”

“那我该怎么问？请大作家指教。”

“你应该问在线吗，或者说在干吗呢？”

“有没有想过投资买房？”丁冲不想跟她斗嘴了，直接谈正事，“我刚看到市政府最新公布的地铁规划方案，换乘站都标出来了。如果你想知道的话，我现在就可以发给你。你比别人提前两年知道消息，照着这个地图买房，稳赚不赔。”

“得嘞，我谢谢你祖宗十八代，千万别这么干！”

“为啥？”丁冲大惑不解。

“知道我的名字为什么叫小满吗？”

“你是小满节气这天生的。”丁冲是猜的，他在上海有个前同事是小寒节气这天生的，名字就叫王小寒。

“聪明，这都被你猜到了。”夏小满赞道，“其实还有一层意思：小得盈满。感谢祖师爷赏饭吃，让我靠写作就能养活自己，我从没想过要发大财，每天可以做着自己喜欢的事，像现在这样就很满足了。”

这不是矫情，丁冲完全理解，没缺过钱的人，对钱的渴望确实没那么强烈。夏小满对钱的看法，也和丁冲出奇的相似。丁冲早就不觉得奇怪了，他们对很多事情的看法都一致。

丁冲不想轻易放弃，说道：“不要那么佛系好不好，钱多了也不烧手啊？俗话说，先知三日，富贵十年。只要你有兴趣，随时可以知道两年后的事，事事都走在别人前面，先知先觉，岂不是很爽？”

“一点都不爽。”

“为什么？”

“知道我最痛恨什么吗？”

“我哪知道。”

“剧透。”

丁冲恍然大悟，她是悬疑作家，靠悬念吃饭的，当然与剧透“汉贼不两立”。夏小满发了一张新闻截图过来，标题是《剧透可能招致生命危险，南极近日发生首起谋杀案》。

“一名在南极考察的科学家，业余时间喜欢读小说，另一名同事却不断地向他剧透。这名科学家忍无可忍，最终拿起菜刀把他砍了。目前，受害者因心脏受损处于重症监护状态，行凶科学家则被指控杀人未遂，已送往智利关押。”

丁冲看完大笑：“这人是该杀，冰天雪地的，仅有的一点乐趣都被他剥夺了。”

夏小满揶揄道：“丁先生，你是维护人间正义的记者啊，居然说出这种大逆不道的话来。”

丁冲不小心着了她的道，被带到沟里去了，只好机智地应对：“记者的内心有时也是会分裂的。我只是在道德上觉得此人该杀，法律上他还是应该受保护的。”

夏小满说：“其实，人生就是一部超长悬疑剧，谁也不知道明天会发生什么，正因为未来是未知的，所以才会对未来充满期待。假如事事都提前知道了结局，就像看一场事先知道比分的足球赛，一点乐趣都没有。”

“有道理！”丁冲想起给她剧透过亚洲杯的比赛结果，看一场没有悬念的球赛确实没什么意思。

“答应我，不许刺探我的未来，就算知道了也不准告诉我，好吗？”

“行，我答应你，我可不想被你捅一刀。”丁冲口是心非道。

“谢啦，我先干活去了。”

“嗯，忙去吧。”

丁冲劝夏小满买房，本来是想试探一下，能否改变她那个时空的事件进程，没想到三言两语就败下阵来，反倒被她妥妥地说服了。他端起桌上的马克杯，咖啡已经凉透了，一种深深的忧虑在脑海里氤氲。

丁冲又拿起手机，给高更打电话：“老高，晚上有空吗？”

晚上 11 点过后，穿着宽大西装的高更走进酒吧，近视眼在昏暗的灯光中逡巡，他是下了晚自习来的。丁冲视力极好，老远就看见高更，站起来向他招手。

高更大咧咧地在丁冲对面坐下，忽然盯着他的脸说：“老弟，几天没见，怎么憔悴了？”

丁冲也不隐瞒，笑道：“遇到点烦心事。”

“如果是女人方面的事情，找我就对啦！有老哥在，没有摆不平的事。”高更摆出一副过来人的姿态。

“先干了这杯再说。”丁冲喝完酒说，“上次跟你说过的那个夏小满，还记得吧？”

“怎么会不记得。”高更道，“怎么，她不理你了？”

“别瞎说，我们只是很要好的普通朋友。”

“很要好的异性朋友。”高更笑得意味深长，“那就是红颜知己了，你没法否定吧？”

丁冲把视线移向别处，真的是没想过这个问题，好像肯定或否定都不对。正在尴尬时，手机忽然响了，丁冲拿起了手机：“喂？”

“请问是丁大哥吗？”

“我是，哪位？”

“打扰您了，我是安康保险公司的客户经理……”

“对不起，我不买保险！”

“我们不是推销，这次是来给您送福利的。”

“谢谢，我真的不需要。”丁冲匆忙挂断了电话。

“干嘛这么客气？”高更愤愤地说，“骚扰电话太可恶了，卖商铺的、装修的、卖保险的、推销信用卡的……真是烦人，像苍蝇似的整天在耳边‘嗡嗡’作响，我现在看到陌生号码都不敢接了。”

丁冲却不恼：“人家也是为了讨生活，互相谅解吧。”

“你真的是菩萨心肠。”

“其实，我没你想的那么高尚。每个人的境遇不同，所以，对一些事物的看法不同，仅此而已。”

高更接上前面的话题：“夏小满毕竟是另一个世界的人，就像墙上的女明星，看得见却摸不着，干着急也没用。如果你真的有想法，就应该在我们这个世界找到她，也就大了两岁，不算太老。不过，要是嫁了人就没戏了，应该不会这么快吧……”

丁冲打断道：“在我们这个时空，夏小满已经不存在了。”

“什么意思？”高更一脸茫然。

“她被谋杀了。”

“啊！怎么回事？”高更的身体前倾，直视丁冲。

丁冲端起酒杯，一饮而尽，把月亮湾密室杀人案一五一十地告诉了他。高更静静地听完，手扶在杯沿上，目光瞟向半空中，似乎要花点时间来消化这个突如其来的消息。半晌，他才开口：“你不是开玩笑吧？”

“你看我的样子像开玩笑吗？”丁冲迎着他的目光。

“她知道吗？”高更终于正经起来。

“不知道，我还没告诉她。”

“你现在打算怎么办？”

“我纠结了好几天，想来想去，觉得还是应该告诉她。”

“你准备怎么说？”高更凝视他的眼睛，“告诉她一个月之后，会有血光之灾，必死无疑，还不把人吓死？”

“我必须提醒她小心防范。”

“你连凶手是谁都不知道，叫她怎么防范？防谁？”高更连珠炮似的发问，“假如我现在告诉你，明天有人要杀你，你怎么办？”

“躲在家里，闭门不出。”

“你刚才说夏小满就是在家里被杀的。”

“那我躲到你家去。”

“万一我就是凶手呢？”

丁冲不禁倒吸一口凉气，直直地看着高更。当局者迷，旁观者清，丁冲太牵挂夏小满的安危了，导致心神大乱。高更这番话完全在理，现在真相没有搞清楚，连真凶是谁都不知道，倘若冒冒失失地告诉她，非但无益，反而有害。

“总不能什么都不干，就这样坐以待毙吧？”丁冲沮丧道。

“也不是一点希望都没有，不是还有 20 多天吗？”高更说，“你告诉警察发现了平行宇宙，叫他们抓紧破案。如果能在 4 月 9 日案发之前找出真凶，再告诉夏小满如何防范、应该防范谁，或许有一线生机。”

“没人会相信的。”丁冲马上摇头，“告诉警察只有两种后果：要么把我当成精神病患者，要么把我当成骗子抓起来。还有，警察两年都破不了的悬案，你觉得这 20 多天就能破吗？”

“那怎么办？”高更也没辙了。

“只有靠自己了。”丁冲知道该怎么做了，要想办法赶在案发前找出真凶，然后告诉夏小满有针对性地防范。但是留给他的时间只有不到一个月，能否办到，丁冲的心里其实一点底都没有，如今之计，只有放手一搏了。

“还有一个至关重要的问题，你想过没有？”高更若有所思道，“你认识夏小满这么久，你觉得你能改变她那个时空的事件进程吗？”

“不知道。”丁冲想起白天试探她买房的事，心里顿时凉了半截。到现在为止，在夏小满所在的时空，所有的历史事件都是按原来的进程发展，并没有因为丁冲的出现而发生改变。

晚上喝得太多，丁冲回到公寓，已有些醉意。

丁冲拿出一对公仔钥匙扣，一个是戴老花镜的老头儿，另一个是戴老花镜的老太太，萌萌的样子极可爱，吊牌上都刻着同样的字：“有空就多读书，多去看看星辰和大海”。他把两个公仔摆在桌上，左右看看，咧嘴傻笑。

那年，他们在上海读大二。

初夏的黄昏，校园里的阳光柔软得像一张毯子，将时光轻易地卷入温暖的空气里。

白浪湖畔，丁冲坐在石凳上低头看书。一丝淡淡的香气没来由地闯入鼻腔，若有若无，忽隐忽现。他用力吸了几下鼻子，以为是花香，抬头一看，一个高挑的女生从身边路过。

女生一袭深色碎花长裙，脑后扎着高高的马尾辫，明眸皓齿，一张纯净如山泉的脸宛若天仙。微风拂过平静的水面，荡起阵阵涟漪，丁冲看得呆了，心亦随之荡漾起来。

丁冲很想追上去搭讪，却不知道怎么开口。

女生渐行渐远，丁冲的心里火急火燎，却迈不开腿，急得骂自己是废物。度过漫长的十几分钟，他才知道，这个仙女一样的女子名叫廖星辰。

女生似乎被眼前的美景吸引了，走到一棵梧桐树下停住了，拿出手机自拍。

天助我也！丁冲深吸一口气，鼓起勇气走了上去，彬彬有礼道：“同学，要我帮你拍吗？”他的心里“突突”直跳，好似启动了手扶拖拉机的引擎，手不由自主地按住胸口。

廖星辰看了看他，大概是觉得此人外表憨厚，人畜无害，便说道：“好吧，谢谢你！”

丁冲接过手机，对着美女拍起来。

丁冲一边拍着，脑子里一边寻思，怎样才能加到她的微信？直接说，意图太明显，容易引起戒心，不妥。等下换我的手机给她拍，就说像素比她的高，拍完之后肯定要传照片给她，自然就要加微信了。

此计甚妙。

“对，对，就这样，很美……下巴再低一点，看着我，笑一笑……”丁冲边指挥她调整姿势，边往后退，寻找最佳的拍摄角度。他起了坏心思，既要琢磨下一步计划，眼睛又舍不得从女生的脸上挪开，注意力就分散了，不知不觉已退到白浪湖边缘。

一秒之后，悲剧发生了。

丁冲一脚踏空，屁股向后，另一只脚还在石头上，身体像钟摆一样晃动，摇摇欲坠。他还想做垂死挣扎，两手在空中乱舞，身体后仰，“扑通”一声，以一个极其难看的姿势掉进湖里去了。水花四溅，动静很大，把两只黑天鹅惊得振翅逃命。

“哎呀！”廖星辰吓得花容失色，急忙冲上去，“同学，你没事吧？”

还好，水不是很深，只没到胸前。

丁冲站在水里，抹去脸上的水珠，一只手高高举起她的手机，苦着脸说：“我没事，你的手机可能会有事。”

丁冲要赔她手机，她坚决不要，他坚决要赔。一来二去，她就成了他的女朋友。

后来，廖星辰很严肃地审问过他，那次是不是故意掉到水里去的，丁冲说纯属意外。不过，假如时光能倒流的话，他还愿意掉下去 100 次、1000 次。

大学毕业后，他们都留在了上海。丁冲当了记者，廖星辰进入一家外企工作，二人租了一套一居室的小房子同居，那是一段美好的时光。

那个周末的夜晚，他们去看话剧《无人生还》，廖星辰是阿加莎·克里斯蒂的铁杆粉丝。剧情演到高潮，当绞索突然从天而降时，全场惊声尖叫。

走出剧院，廖星辰仍心有余悸：“太恐怖了，吓死我了！”

丁冲坏笑道：“导演要的就是这种效果，听到观众的尖叫声，肯定无比享受。”

二人并不急于回家，漫无目的地在大街上逛着。路过一家房产中介门口，橱窗里贴着一张小海报：“精装两房，84 平方米，仅售 1050 万元！”丁冲在橱窗前驻足，若有所思，在那一串小小的数字面前，他觉得自己就像一粒尘埃。

廖星辰挽起他的胳膊，催促道：“走吧，别看了。”

丁冲杵在原地不动：“看一眼，打什么紧？”

“你不会是想买房吧？”廖星辰一脸不可思议地看着他，两人的月收入加起来不到两万元，除去房租和生活费所剩无几。房子在她眼里就像天上的星星，一闪一闪亮晶晶，从不敢想伸手去摘一颗下来。

“上海这么大，一定会有一片属于我们的天地，我们早晚会在上海买房的。”丁冲扶着她的肩膀，一本正经地说，“辰辰，相信我，一定会给你一个最温馨的家，我要让你成为全天下最幸福的女人。”

廖星辰动情道：“有你这句话，我就觉得自己是天底下最幸福的女人了。”

丁冲豪气顿生,对着大街上喊“咸鱼尚有翻身之日,何况我丁冲？！”

“别瞎嚷嚷。”廖星辰急忙制止，“算了，你还是别翻身了。”

“为什么？”

“咸鱼翻了身还是咸鱼啊。”廖星辰忍俊不禁。

“行，那你以后就叫咸鱼夫人吧。”

廖星辰给了他一记粉拳，笑着跑开，丁冲拔腿追赶……

丁冲把公仔收好，划手机相册，照片上的廖星辰笑靥如花，嘴角绽开两个迷人的小酒窝。丁冲痴痴地望着，想起她那些机智的话语，忍不住笑了，笑得涕泗横流。

如果一切可以重来，那该有多好啊！

11. 初见宋凯

夏小满从地下停车场出来，阳光明晃晃的。她从挎包里拿出折叠伞，撑在手上，左右看了看，确定方向后向马路右边走去。

孙志杰预料得没错。夏小满打通了宋凯的电话，表明身份和意图之后，宋凯爽快地答应了接受采访，约好今天下午在星巴克见面。

大街上人流密集，夏小满刚走出十几米，突然感觉左手被人扯了一下，低头一看，包已脱手。她立刻转身，看见一个瘦小的男子抓着她的包正夺路狂奔，眨眼就冲到了马路对面。

夏小满也不知哪来的勇气，扔掉伞拔腿就追，同时大声喊道："抢劫！抓贼啊！"附近的行人立即围拢过来，却没一个上去帮忙追赶。

一口气追出 100 多米，夏小满实在跑不动了，脸色苍白，心跳如擂鼓，蹲在地上大口喘气。这时，一名男子从她身后超过，发力往前飞奔而去，夏小满只看到他高大的背影很快消失在人群中。

几分钟后，那个人满头大汗地回来了，手里拿着一个黑色斜挎包。夏小满这才看清楚，是个两鬓斑白的中年大叔，瘦高个，脸上写满沧桑。

“小姑娘，是你丢的包吗？”大叔喘着气问。

“是我的，谢谢您！”看着自己的包失而复得，夏小满连连点头。大叔居然还管自己叫“小姑娘”，更令她心花怒放。

大叔把包还给她：“打开看看，少了什么东西没有？”

夏小满打开包，手机、钱包都在，一样没少。

“谢谢大叔，刚才真的是吓死我了！”

“这次是万幸，以后遇到这种烂人千万别追，太危险！包丢了事小，万一再被捅一刀就不划算了。”

“刚才，心里着急，只想着要把包包抢回来，根本没想到危险，脑子一热就追出去了。”夏小满这时才感到恐惧，要是为了一个包把命送了，真是亏大了。

“可惜叫那个混蛋跑了，要是抓到，看我不揍扁他。”

夏小满把钱包里的百元钞票全都拿出来，硬要塞给他。她习惯了用手机支付，包里带的现金不多，有十几张。大叔死活不肯要，她只好作罢。想到自己还约了人，夏小满再三道谢后，转身离开。

夏小满沿原路返回，加快步伐向咖啡馆走去。她约了宋凯下午 4 点见面，刚才耽误了这么长时间，已经赶不及了。初次见面就迟到，太不礼貌。走到半路，她才猛然想起，应该记下大叔的电话，连恩公的名字都忘了问，做人真的很失败。

走进咖啡馆，空气中弥漫着咖啡豆的浓香。她向里面环视一圈，没有发现独坐的男子，心里掠过一丝庆幸，宋凯还没到。她找了个靠窗的空位坐下，拿出手机打宋凯的电话，电话响了一声，就看到一个两鬓斑白的瘦高个举着手机走进来。

夏小满起身迎了上去，眼睛都直了：“大叔？！”

瘦高个也是一愣，看了看自己的手机，又看了看夏小满：“你就是夏作家？”

“是我，夏小满。”夏小满向他伸出了右手。

二人相视一笑，才隔了几分钟，又见面了。夏小满万万没想到，刚才那个见义勇为的恩公竟然是宋凯。夏小满坚持要请客，叫了两杯咖啡，宋凯也不再推辞。

想起刚才的惊险一幕，夏小满不禁感到后怕：“真倒霉，出门就碰上抢劫。今天要不是您出手相助，我就惨了。”

“是抢夺。”宋凯笑着纠正。

“不都是抢，有什么区别？”

“区别大了。”宋凯说，“抢夺是乘人不备，公开夺取财物；抢劫是对财物的所有人、保管人当场使用暴力、胁迫或其他方法，强行将财物抢走。这两种犯罪行为都是以非法占有财物为目的，虽然都是抢，但是抢劫对人身危害极大，所以量刑也要比抢夺罪重得多。如果你今天遇到的是抢劫犯，他可能会拿着刀或枪对着你，那就更危险了。”

一字之差，竟有性命之忧，夏小满暗自庆幸，又深深地佩服。“专业，不愧是警校出来的。”夏小满本来是想夸他，话一出口就知道说错话了，慌忙道歉，“对不起！”

宋凯大度地笑了笑：“没事，那一页早就翻过去了。”

夏小满啜了口咖啡，说：“我见过孙志杰，他对我说过您以前的事。”这句话是她提前就想好了的，既可以引出核心话题，又不至于让对方太难堪。

宋凯说：“我是被陷害的，我没有杀人。”

“您是好人。”夏小满说的是真心话。

“谢谢！”宋凯说，“我的故事比电视里演的都精彩。在监狱服刑时，我常常想，要是我把这些年的经历写出来，就是一部惊险小说，可惜我文笔太烂，写不出来。夏作家，如果你有兴趣的话，我把所有的细节都告诉你。”

夏小满明白，这种看似引以为豪的经历，最值得同情。人们喜欢看惊险离奇的故事，多半是因为日子过得太平淡，在现实生活中不敢冒险，只有在小说和影视剧里去体验，享受隔岸观火的快感。一般人真要有那些遭遇，恐怕活不过三集就崩溃了。平淡无聊的生活，往往才是幸福的。

夏小满说："谢谢您的信任，不过小说是要虚构的，最后写出来的可能与真实情况相差很远。"

宋凯说："我只有一个要求，别把我写成坏人就行。"

夏小满笑着点头，这个要求真的不高。在小说的世界里，作家就是万能的上帝，主宰所有人的生杀大权。谁是好人，谁是坏人，自然是由她说了算。

"从哪里说起呢？"宋凯的目光望向半空中，心中仿佛有千言万语，却不知从何说起。

"就从你的妻子说起吧。"

"前妻。"宋凯马上纠正，"在我入狱之后，我们就离婚了，她叫田卫琴。"

"田卫琴？"夏小满小声惊呼。

"你认识？"

"我认识一个晴川十中的老师，也叫田卫琴，不知是不是同一个人？"

"是她。"宋凯点头，"你们怎么认识的？"

"我是市作家协会的文艺志愿者，辅导过她的学生写作；所以，在学校有过接触，只见过几次，但我对她的私生活完全不了解。"

"她有个哥哥叫田卫国，当年在晴川市刑侦支队二大队任大队长。"宋凯继续说道，"我当辅警时，田卫国是我的直接领导，我是先认识田卫国，然后才认识田卫琴的。"

夏小满注视着他的眼睛，不再打断。咖啡馆里人不多，婉转清亮的萨克斯在大厅回荡，正适合诉说衷肠。

“我和田卫琴结婚后的第三年，一天晚上，田卫琴说，闺蜜邀她去逛街，她开了我的车出去，很晚才回来。第二天早晨，我开车去上班，发现副驾驶座椅位置不正常，向后拉得很开。我问她，昨晚是谁坐在副驾驶座上？田卫琴说是她闺蜜，车上只有她们两个，没坐过别人。”

此人心细如发。夏小满暗自心惊，隐约猜到他下面要说什么。

“我见过她的闺蜜，身高不到一米六，腿没那么长，正常坐姿完全不用把座椅往后挪。我怀疑有男人坐过，身高在一米七五以上，但她矢口否认。从那以后，我就起了疑心。我猜出了她的QQ密码，在电脑上查到了聊天记录，发现她一直在跟一个叫罗志文的男人秘密交往。

“我儿子长得不像我，以前朋友们偶尔会拿这个开玩笑，我也没有当回事。发现她的秘密之后，我无法控制地胡思乱想，既想知道真相，又害怕知道真相。我悄悄收集了小孩的几根头发，找朋友帮忙做了DNA亲子鉴定。拿到鉴定结果，我想死的心都有了，我养了3年的儿子和我没有血缘关系！

“我把鉴定报告甩到田卫琴面前；质问她孩子是谁的。刚开始时她死活不承认，我无法承受这种打击当时，也是太激动了，没控制好情绪，一怒之下就动手打了她。其实，事后我也挺后悔，毕竟夫妻一场，本来可以好聚好散，不该动手打人。可能就是因为这件事，她对我怀恨在心，后来，才诬陷我杀人。

“在我的再三逼问下，田卫琴终于承认，罗志文就是孩子的亲生父亲。他们是中学同学，初恋情人。她痛哭流涕，跪在地上求我原谅她，并保证和他断绝来往。如果儿子是我亲生的，也许，我真的会原谅她，假装什么都没有发生过，一切从头开始。可是事情到了这种地步，我们都没有退路了，只有离婚。”

“他们为什么指控你杀人呢？”夏小满小心翼翼地问。

“也是我命中注定有此一劫。”宋凯叹了口气说，“儿子虽然不是我亲生的，但毕竟朝夕相处了 3 年，怎么可能没有感情？小孩必须妥善安置。我叫她明天先把小孩送到亲戚家，晚上约罗志文到我家来，我们三人当面协商孩子的安置问题。她答应了。”

“第二天，我照常去上班。下午突然接到紧急命令，要上路执行堵卡盘查任务，田卫国是大队长，我给他开车。直到晚上 10 点多才撤岗。在回支队的路上，田卫国接到电话有急事要赶回家，他就在半路上提前下了车。他是去办私事，身上带着枪不方便，于是把配枪交给我，叫我帮他交回枪械库。”

“我一个人开着车，想着家里那摊子烂事还要去处理，就鬼使神差地带着枪回了家。我当时想，先处理完家事，再把枪交回支队也不迟。”

“我回到家，见到了罗志文。仇人见面，分外眼红，没说几句就谈崩了，我们在客厅扭打起来。田卫琴居然还帮他，抱着我的腿。罗志文操起一把椅子，向我冲过来。我掏出了手枪，指着他。我本来有一个幸福美满的家，就是被这个畜生给毁了，我真的很想一枪崩了他。那个贱人看见我掏枪，又上来夺我的枪，我一脚把她踢开。她的头撞在茶几角上，昏了过去。”

“你开枪没有？”夏小满忍不住问。

“开了一枪。”宋凯说，“但我不是对着罗志文开的，也没有打中他，我开枪只是想吓唬他。枪一响，他立刻就怂了，吓得屁滚尿流、全身发抖，跪在地上求我不要杀他。其实，枪响之后，我也吓得不轻。如果真的把他打死了，我也就完了。我吓唬他几句，就出门了，开车回支队去交枪。”

“然后呢？”夏小满问。

“到支队交完枪后，我不想回家。我想一个人冷静一下，先到晴川河边抽了几根烟，一夜之间，我变得一无所有，妻离子散，儿子不是我的，好端端的一个家没了。我万念俱灰，当时真想跳进河里一了百了，但是我没有勇气自杀。我在附近的宾馆住了一夜。第二天中午，同事打电话催我回去上班，我一到支队就被控制起来。他们说我杀了人。

“这时我才听说，罗志文失踪了。田卫琴苏醒后，发现我走了，罗志文也不见了，手机打不通，她就去罗志文家里和单位找人，都没找着，罗志文的父亲就报了案。田卫琴做证，说看见我拿枪指着罗志文，警察在我家客厅找到了子弹壳，并检验出了罗志文的血迹。当晚，还有人看见我到过晴川河边。专案组认为是我枪杀了罗志文，然后，抛尸到河中，我有作案动机和作案时间，人证、物证俱在，我是跳进晴川河都洗不清了。”

夏小满问：“你说没有打中罗志文，警察为什么会在现场发现他的血迹呢？”

宋凯说：“我和罗志文扭打过，在打斗的过程中，他身体的某个部位擦伤出血是完全有可能的。我告诉过警察，但是他们不信。”

“我听孙志杰说，你在审讯期间承认过杀人抛尸，还带警察去指认了抛尸地点。后来，你又否认杀人，是这样的吗？”

“短短几天之内，我经历了老婆出轨、儿子不是亲生，然后，自己变成杀人犯，恐怕编剧都编不出这么精彩的故事。那是我人生最黑暗的时期，没有经历过的人是无法理解的，警察天天来审讯我，我每天都要面对绝望、高压和恐惧，睡眠不足，生理和心理都崩溃了。

“我想，与其每天这么点灯熬油，不如死了痛快，我只求速死，所有的指控我全都承认了。专案组要我指认抛尸现场，我就带他们到晴川河边，说就是在那里把尸体抛入河中。他们很高兴，案发当晚确实有目击证人看见我到过那里。”

“过了几个月，案子到了起诉阶段，我渐渐回过神来，就算死也不能死得这么冤。我的父母头发都白了，为了给我请律师把房子都卖了，我还没给他们养老送终就这么稀里糊涂死掉了，我越想越不甘心。

“罗志文毁掉了我的家庭，最该死的人是他，凭什么是我？所以我说出了真相，我没有杀人，但是没有人信。一审判决，我被判了无期徒刑。后来，因为证据不足，二审改判有期徒刑十年。我在监狱里不停地写申诉信，都没有回音。”

夏小满问：“你刚才说证据不足，是因为警方没有找到罗志文的尸体吗？”

“是的。”宋凯点头道，“活要见人，死要见尸。只要没找到罗志文的尸体，就不能证实他死了，认定我杀人自然证据不足。”

“案发之后，罗志文确实消失了，这一点总是确凿无疑的吧？”

“我相信他没死，一定是藏起来了。”

“时间这么长，一个大活人怎么藏得住？”

“这也不是不可能，他只要躲到一个没人认识的地方，改名换姓，可能就没人知道了。有的人负案潜逃，一躲就是几十年，最后被查出来，都成公司大老板了。这种事情不是没有案例。”

“凭什么这么肯定？”

“我没有杀他。”

这个问题再争论下去就变成了循环论证，毫无意义。夏小满换了个话题：“你还会申诉吗？”

“没有用，除非能找到罗志文。”宋凯摇了摇头，忽然上身前倾，目光灼灼地看着她，“夏作家，可不可以帮我一个忙？”

12. 危险人物

丁冲从工位上起来，准备去洗手间，刚走到过道，就和一个人迎面相撞。

满脸通红的伍光辉刚从外面喝完酒回来，一身酒气，刚才被撞了一下，晃了几晃才站稳。丁冲刚想说“对不起”，伍光辉的嘴里突然不干不净地蹦出一句：“好狗不挡道！”

“说谁呢？”丁冲的心情本来就不好，顿时心头火起。

“说的就是你，新来的，不服气吗？”

伍光辉快五十岁了，马脸，长发，相貌气质颇像民国剧里的土豪劣绅。此人是报社的“老油子”，会写几行打油诗，常以文人自诩。他仗着老资格，平日里牢骚满腹，喝醉了就借机耍酒疯，蛮横惯了，无人敢惹。

最近这半年，伍光辉的发稿量下降严重，认为是丁冲抢了他的饭碗，动不动就含沙射影，指桑骂槐。丁冲忍了很久，早就想用订书机钉上那张臭嘴。

“你吃屎了吗，嘴巴这么不干净？”丁冲冷冷地看着他。

“你敢骂我？”旁边有同事在看，当着众人的面，伍光辉下不了台，不禁恼羞成怒，“老子进报社时，你的毛都没长全，少在老子面前充大尾巴狼。”

“我警告你，再出言不逊，就别怪我不客气了。”丁冲的话音不大，却充满杀气。

“小白脸，你有什么了不起，不就是会讨那个老妖婆欢心吗？”伍光辉挺胸上前一步，歪头斜眼看他，“老子就是看你不顺眼，怎的？有种你打我啊！”

“好啊，是你主动要求的。”丁冲抬手给了他一个嘴巴子。

伍光辉一下就蒙了，捂着火辣辣的脸，错愕地看着丁冲，没想到他真的敢动手。

那一巴掌下去，丁冲也有点后悔了，以为他会像疯狗一样扑过来，早已摆开架势，做好了厮杀的准备。

伍光辉居然“呜呜”地哭了，边往后退边指着丁冲说：“你等着，我要去告你！”

丁冲心中暗笑，原来是个纸老虎，一巴掌就现出原形了。那些同事看见伍光辉挨了个耳刮子，都在心里暗暗喝彩，个个假装没看见，继续埋头工作。

半小时后，丁冲被叫到主任办公室。

新闻部主任吴芳年过四十，身材和皮肤还保持得很好，留着干练的齐耳短发，风韵犹存。伍光辉刚才说的“老妖婆”，指的就是吴芳。丁冲的外号“快男”，也是吴芳起的。

“快男，今天怎么闯祸了？”吴芳脸冷若冰霜。

“是伍光辉告诉你的吗？”丁冲早有心理准备，等着挨训。

“刚才，伍光辉到社长那里告了你的状，说你打了他，有这回事吗？”

“是他先挑衅我的，大家都看见了。”

“那你也不能动手打人！”

“动手是我不对，不过这人确实该打。”丁冲把事情的前因后果说了，伍光辉称呼她“老妖婆”的事自然不会隐瞒。

吴芳皱着眉听完，语重心长道：“这件事情到此为止。社长那里，我会去解释。你回去安心工作，明天上班之前交一份深刻的检讨。跟你们说过多少次，同事之间要团结友爱、互相宽容，以后绝不允许再发生这种事情，传出去丢人。”

“我知道错了，以后会注意的。”丁冲口是心非道。

“你知道错在哪里吗？”

“我太冲动了，不该动手打人。”

“跟狗抢道，让狗先过，不丢人！”

“谢谢主任指导，我会谨记在心。”丁冲心中暗喜。

“你这态度还算不错。”吴芳妩媚地一笑，“忙去吧，别耽误了工作。”

好像是在表扬，丁冲差点以为自己听错了。他做好了迎接狂风暴雨的准备，没想到迎来的是和风细雨，这么快就过关了。他步履轻松地走到门口，手刚握住门把手，就听到吴芳说：“快男，等一下。”

丁冲转身，疑惑地看着她：“主任，还有什么吩咐？”

“如果以后还有人嚼舌根子，下手别太重。”

“嗯，我懂了。”丁冲重重地点头。

丁冲很快就把这件事抛到了脑后，他心里记挂着夏小满的案子；中午，又约了田卫国见面。

丁冲假装不经意道：“老田，你上次说的那个密室杀人案还蛮有趣的。”

“你们当然觉得有意思，看热闹的不嫌事大，反正破不破案与你无关。如果你是办案人，恐怕就不会这么想了，案子到现在都没破，压力大得很，看见领导都想绕道走。心里虚啊，就像考试不及格的学生要回家见父母的心情，你能体会吗？”

丁冲从未有过考试不及格的体验，从幼儿园到大学，每次考试都是前三名。他还是回答：“能。”

丁冲觉得田卫国如果当老师的话，肯定能成为名师，他擅长用最简短的语言、浅显的类比方式，把复杂抽象的问题解释得明明白白，通俗易懂。

“你和办案人熟吗？”

“熟得不能再熟了。”田卫国说，“这个案子是刑侦支队在办，主办刑警叫陈川，刚好是我以前的部下，所以，我多少了解一些案情。”

“原来你以前是领导啊，真的是有眼不识泰山。”丁冲一半是惊喜，一半是拍马屁。

“好汉不提当年勇，不提这事了。”田卫国连连摆手，脸上却很陶醉。

“老田，你介绍我和陈川认识下，我想采访这个案子。”

“恐怕不行。”田卫国摇头道，“未侦破的刑事案件原则上是不能报道的。案发时有几个记者想采访，都被回绝了。”

“为什么？”

“你想啊，凶手作案之后，肯定会密切关注警方的调查进展。在案子没破之前，随意披露案件信息会产生意想不到的后果，可能会导致凶手毁灭证据或者逃跑。所以，从案发到现在，对媒体一直是严密封锁消息的。”田卫国狐疑地看着他，“你怎么忽然对这个案子有兴趣？”

“不瞒你说，我到晴川快两年了，发稿量是上去了，但还缺少一个有分量的深度报道，所以我一直在寻找一个合适的选题。像地沟油、毒油条、纸包子、传销卧底这些都不新鲜了，而这个案子天然具备轰动效应，被害人是女作家，又是密室杀人。如果我能采写独家报道，一定是重磅，我在报社的地位会更加稳固。”田卫国刚要张嘴，丁冲伸手示意他别打断，“我是这么想的，在警方调查时我可以提前介入，跟踪采访，先收集好素材，等将来案子破了，凶手归案，征得警方同意之后我再发报道。当然，展示案情只是一方面，警察在破案过程中的艰苦付出才是报道的重点。你看怎样？”

田卫国看着他热切的目光，不忍心断然拒绝，只好勉强答应。“我试试看吧，不过，陈川这小子原则性很强。如果他不同意，就别怪我老田无能了。”

丁冲说：“那是当然，不过要尽快。”

晚上，丁冲猛然想起一个问题。夏小满住在茶叶研究所对面，田卫国却说她在月亮湾的家中遇害。他查了手机地图，这两个地方相距十几公里，为什么会出现两个地址？

想来想去，只有一种情况，夏小满要搬家。

丁冲拿起了手机：“小满，你最近是不是打算搬家？”

“搬家？”夏小满反问，“我住得好好的，为什么要搬家？”

“那你和什么人结过仇吗？”

“本姑娘勤勤恳恳写作、踏踏实实做人，一不偷二不抢，三不断人财路，四不抢别人老公。我能有什么仇人？”夏小满正说着，转身看见小翠跳上了书架，一个花瓶摇摇欲坠，她急得大喊，“小翠，别动！”

丁冲听到喊声，问：“你家来了客人？”

“你是说小翠吧？”夏小满笑着解释，“它是我养的猫。”

“猫？”丁冲的心里“咯噔”一下，“是一只黑猫吗？”

“对呀。”夏小满也愣了，“你怎么知道？我好像没告诉过你吧？”

“我猜的。”丁冲急忙掩饰。

小翠扭头看着夏小满，似乎觉得奇怪，她一个人对着空气说话，怎么说得那么开心。夏小满向它招了招手，小翠踱着方步走到书架的另一头，纵身一跃，跳到了书桌上。夏小满摸了摸它的头，对着手机说：

“小翠很调皮，上个礼拜还打掉我一个花瓶。”

“是你收养的流浪猫吗？”丁冲其实是想问“哪来的猫”，这种问法太直接，所以拐了个弯。

“恬恬怕我一个人寂寞，送了一只猫给我做伴，它很淘气，还特别贪吃。”

“哦。”丁冲知道黄恬恬，夏小满以前说过。

“你今天怎么净问些奇奇怪怪的问题？”

“是吗？”丁冲敷衍道，“我只是随便问问。”

“丁先生，正好我也有一个奇怪的问题想问你。”

“你说。”

“你别介意，我只是打个比方。假如你结婚之后，原本过着幸福美满的生活，有一天突然发现老婆把你绿了，你养了三年的儿子是别人的种，你会怎么做？”

“找出奸夫，阉了他。”丁冲不假思索道。

“这么暴力！”夏小满吓了一跳，“这是你一个人的想法，还是代表所有男人的想法？”

“只要是男人，遇到这种事都会有杀人的冲动。”

“如果他们是真爱呢，你觉得可以原谅吗？”

“原谅他们是佛祖的事，我的任务是送他去见佛祖。”丁冲说，“怎么突然问这种问题，你有朋友被绿了吗？”

“还算不上是朋友，昨天刚认识的。”夏小满把昨天见到宋凯的经过简要地说了。

“小满，听我说。”丁冲的口气忽然变得严肃起来，“这个人很危险，不要接近他。”

“我觉得，他不像坏人，昨天，我在街上被人抢包，多亏他奋不顾身帮我追回来了。那时，我们还互不认识，地球上像这样充满正义感、愿意为素不相识的人挺身而出的物种都快灭绝了，如果这种人也有危险，那我们只有移民去火星了。我的包包被抢时，手机还在里面，你知道我当时有多绝望吗？包和钱我都不在乎，如果手机丢了，我就再也联系不上你了。”说到后面，夏小满几乎哽噎。

“他是杀人犯。”丁冲再次提醒。

“他说他没有杀人，是被冤枉的。”

“你笨啊，有谁会大方地承认自己是杀人犯？”

夏小满不悦道：“好吧，就算宋凯真的杀了人，那也跟其他的杀人犯有本质区别。刚才，不是你说的吗？如果你遇到这种事，也会有杀人的冲动。”

“我……”丁冲一时语塞，再争下去就会吵起来，他缓和了语气道，“总之你要小心，你对他了解得太少，最好是不要再见面了。”

放下手机，插上充电线，丁冲靠在沙发上，仰头看着天花板。

突然冒出一个杀人犯，出现的时机也太巧了。田卫国与宋凯有如此错综复杂的关系，却从来没听他提起过。

13. 枪击案

田卫国很快就见到了陈川。

陈川正在办理系列入室盗窃案，到鹦鹉山派出所辖区找失主调查取证，需要派出所民警协助配合。田卫国熟悉本地情况，带着陈川很顺利地就找到了两户失主家。

事情办完，天已经黑了。

走到小区门外，陈川吩咐同来的刑警小侯：“你先开车回去吧，晚上我要陪我师父叙叙旧。”

二人在附近找了个小饭馆。陈川拿出一瓶白酒，玻璃瓶上的标签已泛黄，看样子有些年头了。

陈川说：“这瓶酒在我家里存了十年，一直没舍得喝。”

打开瓶盖，酒香四溢。田卫国拿到鼻尖下闻了闻，口水都出来了：“好酒！”

陈川端起酒杯说：“师父，我先干为敬，您随意！”

田卫国道：“小陈，你总是这么客气。”陈川年近不惑，早就不小了，田卫国叫习惯了，改不了口。

陈川正色道：“师父，不管别人怎么看，在我心目中您永远是我最敬重的领导。当初，要不是您大力栽培，哪有我陈川的今天。”

“都是过去的事了，提它干嘛？”田卫国笑道，“是金子总会发光的，换成别人当领导，照样会提拔你的。”

“那可不一定。”

田卫国抿了口酒，清冽微甘的酒液顺着舌尖滑入喉咙，酒香冲入鼻腔，百转千回，浑身有说不出的舒坦。他嘴上谦让不贪功，心里还是十分乐意听到这些话的。

陈川现在是晴川市公安局刑侦支队二大队副大队长。田卫国任大队长时，陈川还是刚从警校出来的毛头小伙，跟着田卫国办案。陈川年轻有干劲，爱学习、肯吃苦，智商和情商都高，深得田卫国赏识。陈川参加工作刚满三年，就被拔为最年轻的中队长。

田卫国调离刑侦支队不久后，陈川又被提拔为副大队长。现在已经有传言，他很可能会升任大队长。陈川的能力得到认可，田卫国无比欣慰，感觉自己的脸上也有光。

二人边喝边叙旧，聊起往事，唏嘘不已。

田卫国问：“那个案子有点眉目了吗？”

陈川知道他是问月亮湾密室杀人案，摇了摇头：“还是老样子，没什么头绪。”

田卫国说：“我一个记者朋友对这个案子很感兴趣，想做深度调查，下次我介绍你们认识一下？”

陈川有点意外，放下筷子说：“防火防盗防记者，师父，当初可是您告诉我的。”

“亏你还记在心里。”田卫国大笑道，“那要看是什么人了，我刚才说的这位记者是信得过的朋友，不在此列。”

“案子没破，现在接受采访恐怕不合适。”陈川面露难色。

“他一再提出来，我也不好推托。反正一个原则，不能违反办案纪律，你觉得能说的就说，不能透露的坚决不说，你自己把握尺度。”

“我听你的。”陈川答应得有点勉强，“你刚才说的记者叫什么名字？”

“他叫丁冲，为人豪爽，像你年轻时一样机警。”

陈川笑了：“谢谢领导夸奖！”

田卫国指着陈川大笑起来：“你看，你看，又来了，现在你是我的领导了。”

闲聊了一阵，陈川问：“对了，宋凯出狱后有没有找过田卫琴？”

“没有。”听到宋凯的名字，田卫国脸上的笑意褪去。

“那就好。不过您还是提醒她小心点，宋凯这个人爱记仇，一直认为是田卫琴陷害了他，说不定还怀恨在心。”陈川的脸色微微泛红，“不瞒您说，我办了一辈子案；当年，宋凯的那个案子，其实我心里一直有点不踏实。”

“算了，都是过去的事情，提它干吗？！”田卫国闷头喝酒。

陈川见他不愿提起那段伤心往事，一肚子的话又咽了回去。

二人从饭馆出来，上了一辆出租车，先到了田卫国的小区门口。田卫国下了车，向家里走去。外面起了风，树上的枝条随风摇摆，寒潮就要来了。

左腿隐隐传来灼痛感，田卫国只好放慢了脚步，腿上的枪伤每到风湿天就会发作，比天气预报都准。望着漆黑的夜空，田卫国心中感叹，时间过得真快啊，眨眼就老了。

“凡是别人向我泼过的冷水，我定会烧开了还给他。”想起宋凯的话，田卫国不禁叹息。

宋凯是陈川的校友，晚两届。毕业前夕，宋凯分到晴川市刑侦支队实习，跟着田卫国学习办案。那时，田卫国任大队长。宋凯腿脚勤快，悟性又好。田卫国打心眼里儿喜欢这个头脑灵活的小伙子；因此，对他用心培养。他们名为上下级，实为师徒。

宋凯的理想是当刑警，毕业后却没能通过招警考试，心中无比失落。在田卫国的大力推荐下，他就以辅警的身份继续留在支队，边工作边考试。

宋凯那时20岁出头，年轻气盛，好胜心强，有时遇事不够沉着，还有点火爆脾气。也许是郁郁不得志、久居人下产生了自卑，他身上渐渐也沾染了一些戾气。田卫国并不担心，谁没年轻过呢？等他将来阅历增长，经历的事多了，自然会把棱角磨平了。

宋凯心里憋着一股劲，可能是急于表现自己，有一次差点闯了大祸。他在抓捕一名抢劫犯时，由于使用武力过当，致使抢劫犯受伤。是田卫国为他说情担保，才让他免于处分。

从那以后，宋凯更加努力工作，一不怕苦，二不怕死，特别能战斗。渐渐地，全支队都知道有一个不要命的辅警。田卫国有识人之功，自然脸上有光。论业务水平和实战能力，宋凯在许多同龄的刑警之上，但偏偏不擅长考试，参加几次招警考试都名落孙山。

那年夏天，全省公安机关开展夏季治安整治专项行动。田卫国接到线报，一名毒贩藏身于市内的一家宾馆，马上带人去抓捕。毒贩藏身的房间已确定，四五个人悄无声息地靠近门口。房门紧闭，宋凯冲在最前面，上去敲门。

“谁？”里面的人异常警惕。

“你好，服务员。”宋凯早有准备。

“是刚才来过的小李吗？”

宋凯立刻愣住，这个问题极其刁钻，回答“是”或“不是”都有风险。时间拖长了，也会露出马脚。宋凯心念电转，只好赌一把：“是我，麻烦您开下门。”

宋凯毕竟年轻，以前的抓捕行动都太顺利了，思想上有些轻敌，对危险估计不足，战术动作也不规范。此时，他的身体正面朝向房门，门户大开，万一里面射出子弹，后果将不堪设想。

田卫国发现情形不对，却不能发出声音提醒，迅速冲上去，一掌把他推开。正在此时，就听到“砰”的一声，枪响了。

田卫国倒在血泊中，子弹是从门内射出来的。

宋凯看见田卫国中枪，眼都急红了，一脚踹开房门，第一个冲了进去。毒贩手里拿着一把霰弹猎枪，没来得及开第二枪，就被宋凯死死按在地上。

万幸的是，田卫国只是小腿中枪，并无生命危险。支队领导亲自出面，找了全市最好的外科医生给他做手术。住院养伤期间，妹妹田卫琴刚从师范学校毕业，还没参加工作，就在医院照顾哥哥。

宋凯每天下班后，都要到病房来看田卫国，陪他下棋、抽烟，顺便聊聊最近的案子。每逢双休或节假日，宋凯就会主动替换田卫琴，让她回去休息。田卫琴就是在那时候开始与宋凯交往的。年轻人炽热的眼神、举手投足间的默契，怎能逃得过老刑警犀利的目光？

田卫国的父母去世得早，只有这一个小他十几岁的妹妹，长兄如父，他一直把妹妹视若掌上明珠。田卫国表面装糊涂，心中却暗自窃喜，希望促成这桩美事。

两个月后，田卫国伤愈出院，宋凯与田卫琴的恋爱关系也确定下来了。一年后，二人奉子成婚。同事开玩笑说：“老田，你这一枪挨得值啊，得了个妹夫，不吃亏。”田卫国的心里乐开了花。

然而，世事难料，后来发生的那件事却使宋凯锒铛入狱，田卫国也前途尽毁。

那天是 2009 年 1 月 17 日，田卫国接到上级命令，一名重刑犯越狱，他带人上路执行紧急盘查任务。晚上回来的路上，他接到电话，妻子突发急性胰腺炎。这种病处理不好会危及生命，田卫国心急如焚，把配枪交给宋凯，叫他交回支队，自己中途下车，打车赶去医院。

田卫国对这个妹夫是绝对放心的，以前也叫他临时保管过枪支，从没出过任何差错。当晚，他也没发现宋凯的情绪有什么异常。可是万没想到，宋凯正和田卫琴谈离婚，二人守口如瓶，只字未提。后面的事情就完全失控了。直到第二天，田卫国才得知噩耗；同时，被宣布停职。

宋凯杀人案的细节，他是后来才陆陆续续得知的。

案发现场在宋凯家中，当晚有三个人在场：宋凯、田卫琴、罗志文。三人本来是约好商谈小孩的抚养问题，宋凯与罗志文见面就发生了激烈的争吵并打斗。宋凯掏出了手枪，田卫琴上去夺枪，被打昏在地。

田卫琴苏醒后，发现宋凯和罗志文都不见了。罗志文的手机打不通，她去罗志文家里和单位都没找到人。第二天上午，罗志文的父亲担心儿子遇害，随即报警。

警察在客厅内提取到一枚手枪子弹壳，并发现地面有少量血迹。经鉴定，血迹是罗志文的。案发后，罗志文下落不明，怀疑是被枪杀后抛尸，宋凯有重大作案嫌疑。晴川市刑侦支队立即传唤宋凯，并成立“1·17”专案组。

由于本案凶器是田卫国的配枪，田卫国被立即停职。支队指派二大队教导员公有明担任“1·17”专案组组长，陈川当时是专案组成员之一。

通过现场勘查和调查走访，专案组收集到了大量证据：目击证人田卫琴的证言；楼上邻居听到了枪声；现场提取到子弹壳和罗志文的血迹；还有人看见宋凯在案发当天的后半夜在晴川河边出现过。

审讯初期，宋凯承认开了一枪，但开枪只是为了吓唬罗志文，并没有打中他，称罗志文当晚是自行离开的。一个星期后，在大量证据和专案组的强大攻势下，宋凯终于认罪，并交代了犯罪经过。

宋凯说开枪射杀罗志文后，迅速清理现场，把尸体搬上车，运到晴川河抛尸。然后，把车上的痕迹清理干净，再回支队交还了枪支。宋凯带刑警到晴川河边指认了抛尸现场，但是没有找到尸体。

检察院以涉嫌故意杀人罪对宋凯批准逮捕。到了审查起诉阶段，宋凯忽然翻供，声称没有杀人。检察院以证据不足为由，两次将案件退回公安机关补充侦查。罗志文的父亲得知消息后，担心宋凯会被无罪释放；于是，四处上访，给专案组造成极大的压力。

当时，专案组内部也有分歧。陈川认为只要尸体没找到，案件就存疑，按照疑罪从无原则，应当认定宋凯无罪。专案组组长公有明认为：虽然没有找到被害人的尸体，但所有证据都已形成锁链，证据确凿，事实清楚，足以认定宋凯杀人。

宋凯最终被判有期徒刑十年。

这个案子轰动一时。田卫国受此案牵连，被撤职处分，调离了刑侦部门。

公有明在五年后侦破一起绑架案时，为保护人质壮烈牺牲。被害人罗志文的尸体，一直没有找到。

10 多年过去了，田卫琴也未再嫁，儿子 15 岁了，比妈妈都高出半个头。

宋凯在狱中不停地申诉，声称自己无罪。他显然是对田卫国兄妹心存怨恨的，师徒情分早已荡然无存。听到宋凯出狱后，田卫国也有点担心，怕他会报复，提醒田卫琴要小心，好在什么事情都没发生。

这样最好，过去的事情就让它过去吧。田卫国的心里叹息一声，已走到家门口。

14. 小满姐姐

小翠安静地趴在脚下，睡得正香。

夏小满打开《凶手夜未眠》的评论页面，看得心惊肉跳。

“废话连篇，无趣、拖沓、不合理的地方太多，不明白这样的书怎么能出版，浪费我的时间！”

“被故事简介所吸引，结果发现最精华的部分全写在简介中了。故事实在太简单了，幸好讲得没那么生硬，希望下一步（部）可以再写得出彩一些。”

“开头很扑朔（迷离），前半部分读来感觉还是很吊人胃口的，但是到了后头圈子兜得大了一些，结局较为平常吧。”

“……”

读者评论五花八门，夹杂着错别字和语法错误，有真心谈感想提建议的，也有倾倒垃圾情绪的，不能太当回事，也不能不当回事。她经常提醒自己别看，却又忍不住想看，看了又后悔，缠缠绕绕，心情相当复杂。

夏小满关掉网页，打开一份 Word 文档。

那天，见过宋凯之后，她整理出了一份详细的采访笔记，10 年前的枪击案已有了大致轮廓。案发当晚，宋凯确实开了一枪，这点没有争议。分歧在于：警方认定他射杀了罗志文，然后，抛尸河中；宋凯却说没有打中罗志文，他是自行离开的，然后，就消失不见了。

宋凯坚信罗志文没死，一定是隐姓埋名藏在别处。

出狱后的这几个月，宋凯通过各种渠道打听过。罗志文以前是市医院口腔医生，案发之后，确实没人见他回过老家，几年前母亲去世也没回来。虽然现在无法直接找出罗志文的下落，但是通过两个关键人物，也许能发现一些蛛丝马迹。

一个是罗志文的父亲罗平，另一个是田卫琴。

如果罗志文故意潜逃，初期肯定会小心谨慎，切断以前的所有社会关系。但是天长日久，随着事态逐渐平稳，防御心理就会渐渐放松，孤独感与日俱增，对亲人的思念也会越来越强烈。

宋凯还打听到，罗志文从小就对父亲特别孝顺，是有名的孝子。因此，他推测只要罗志文没死，一定会以某种隐秘的方式与父亲联系。联系田卫琴的可能性也很大，他们的儿子现在由田卫琴抚养。

宋凯不方便接触这两个人，就算见到也不会有收获，反而，会引起对方警惕，所以他想请夏小满帮忙查找线索。

对于宋凯的这番推理分析，夏小满是真心佩服的，他没当上警察真的是太可惜了。

宋凯殷切地望着夏小满："只有找到罗志文才能还我清白。"

夏小满说："你可以向警方反映啊。"

宋凯苦笑："如果警察肯相信我，我就不会在牢里待 10 年了。"

这两天，夏小满一直在犹豫，要不要接下这个充满挑战的任务。凭手中现有的材料，她已初步构思出了小说的雏形。小说家的拿手本领就是无中生有，一本正经地胡说八道，说得煞有介事。

从感情上来说，她希望宋凯是冤枉的。从创作的角度来看，假如他所言属实，那就是现实版的《肖申克的救赎》，这绝对是一个扣人心弦的故事，想想都让人振奋。

可是，罗志文为什么要假死，为什么要藏起来？没道理啊。

谷健说得没错，真相并不重要。但是不得不承认，真相有时候比小说更加荒诞，因为虚构是在一定的逻辑下进行的，而现实往往毫无逻辑可言。小说需要细节，黄金般的细节，如果能多接触到一些细节真相，有什么不好呢？

《凶手夜未眠》扑街，让她首次尝到了失败的滋味。她不想再看见那些尖酸刻薄的评论，她要用一部震撼人心的力作，让那些冷嘲热讽的人通通闭上嘴，并献上他们的膝盖。

夏小满越想越激动，感觉全身的热血都在沸腾。炉火已经烧起来了，干脆让它再旺一点！

夏小满打算从易到难，先去见田卫琴，再想办法接触罗平。

以什么理由去见她呢？

这事不能干得太直截了当，最好是显得婉转自然。夏小满想了半夜都没想好，第二天早上还在为此发愁，问题突然自动解决了。田卫琴打电话叫她去学校，仿佛有心灵感应。

教师办公室其实是一间大教室，上午的阳光从高高的窗户射进来，里面摆了十几张办公桌，都是背靠背、成双配对地拼在一起。由于是上课时间，大部分位置是空的，老师们都上课去了。

田卫琴给夏小满倒了一杯白开水，在旁边坐下。

田卫琴说，胡钰琳这次月考数学又没及格，数学老师批评了她几句，她就不想读书了，公然顶撞老师，还在数学课上看小说。胡钰琳是晴川二中的初二女生，田卫琴是她的班主任兼语文老师。

夏小满问：“不读书，她想干什么？”

田卫琴说：“她说要当作家。”

夏小满摇头苦笑，“这孩子真傻。”

“是啊，作家哪是人人都能当的。”田卫琴道，“这么小的女孩子，要是不读书，流落到社会上很危险。我说什么她都听不进去。解铃还须系铃人，她最崇拜的就是你，你说一句顶我一万句。我实在是没办法了，才想到了你，真的是麻烦你了。”

“我试试吧。”

“你先坐会儿，我去把她叫来。”

田卫琴走出办公室，夏小满捧起纸杯，抬头看见墙上挂着爱迪生的名言：“天才是百分之九十九的汗水，加上百分之一的灵感。”夏小满却想起了另一句话：爱迪生发明电灯后，一个烟民朋友告诉他，电灯什么都好，就是点烟没有以前的煤油灯方便了。

凡事有利就有弊。

一年前，晴川市作家协会开展文艺志愿者活动。活动形式是“作家教写作”，计划从几所中学选出三十名写作功底好的贫困学生，再招募三十名作家志愿者，结成对子，由作家一对一地指导学生写作文，每学期批改两次作业。

夏小满觉得应该为协会做点事，她也非常认可这种帮扶方式，授人以鱼，不如授人以渔，于是，就报了名。和她结对的学生就是胡钰琳。

胡钰琳的父亲是个赌徒，除了赌博喝酒，万事不管，也不工作。母亲在超市当收银员，一家人就靠这点微薄的收入艰难度日。夏小满了解了这些情况后，决定帮人帮到底，资助她从初中到大学的学费。

胡钰琳在班上不合群。夏小满第一次见到她，就觉得这孩子的内心深处有一点偏执和自负，这是自卑的另一种表现形式。人是环境的产物，她想，这种性格可能是家庭环境造成的吧。

胡钰琳买不起课外书，夏小满就经常给她买一些文学书籍，鼓励她多读多写。在夏小满的悉心指导下，她的写作水平突飞猛进。她确实有写作天赋，对文字的领悟能力明显超出同龄人。经夏小满推荐，胡钰琳在中学生报刊上发表了几篇作文，还得了几十元稿费。她开心得不得了，写作劲头更足了，由此带来的弊端很快也出现了。

胡钰琳本来就偏科，语文成绩是上去了，数学却惨不忍睹。她在写作上找到了存在感，就愈加讨厌数学，顺带连数学老师也瞧不起了。照这样下去，考普通高中都有困难，而她现在变本加厉，居然萌生了辍学的念头。

必须坚决彻底地铲除她的思想毒瘤。以前为了鼓励她写作，夏小满把文学世界描绘成世外桃源，那里四季如春、绿树掩映、花香四溢。这孩子千万别让我给害了，夏小满心想，是时候告诉她真相了。

正思忖着，扎着马尾辫的胡钰琳像一只蝴蝶一样飞了进来，听说小满姐姐来了，她是一路小跑着过来的。胡钰琳穿着一套白色校服，白色长裤上镶着两条蓝边。

“小满姐姐，你怎么来了？”胡钰琳满脸欢喜，手里攥着一沓方格稿子，不用问，肯定是她的新作。

“我今天正好有空，顺便过来看看你。”

“小满姐姐，我最近又写了几篇作文，你帮我指点下吧。”胡钰琳刚开始是叫她“夏老师”的，夏小满觉得自己被叫老了，硬逼她改口叫“姐姐”。

夏小满叫她坐下：“刚才田老师夸奖你语文成绩进步很大，作文也越写越好了，姐姐真的为你感到骄傲。我听说，你不想上数学课了，有这回事吗？”

胡钰琳瞥了一眼田卫琴，低头道：“我讨厌数学，学了也没什么用。”

夏小满说："你不学好数学，将来怎么考大学？"

"上大学有什么了不起？我才不稀罕。"胡钰琳不屑一顾，"我要当作家，像你一样写小说。"

这孩子果然走火入魔了，病得不轻。夏小满很想把《东邪西毒》里的台词送给她："你这种年轻人我见得多了，懂一点武功就以为可以横行天下。其实，走江湖是一件很痛苦的事，会武功很多事就不能做。你不想种地吧，又不屑去打劫，更不想抛头露面在街头卖艺。那你怎么生活？武功高强也得吃饭。"

这些话当然不能直说，夏小满柔声道："傻孩子，你连大学都上不了，怎么当作家？"

"小满姐姐，是你告诉我的，人没有梦想，和咸鱼有什么区别？我努力追求梦想，难道不对吗？"

若要梦想成真，先要从梦中醒来，她显然还在梦中没醒。

夏小满说："钰琳，你的梦想没有错，但是追求梦想的方法错了。实现梦想不是一蹴而就的，要脚踏实地，一步一步地靠近。有些人为了实现所谓的梦想，把自己搞得穷困潦倒，九死一生，其实是没有弄明白一个基本道理，梦想与饭碗是可以分开的。你应该先上完大学，找一份正经工作；再利用业余时间写作。这样，你的生存压力就不会那么大，反而有可能写出好作品。"

"写作难道不是正经工作吗？"

"这个……"夏小满低头喝了口水，"写作当然是正经工作。你要明白一个真相，有些人夸你写得好，不见得是真心觉得好，很可能是出于礼貌随口瞎说的。要让别人真心喜欢你的作品，愿意花钱读你的作品，是一件很难很难的事情，比你想象的还要难得多。无数人写了一辈子都默默无闻、穷困潦倒，你在书店里能看到名字的作家，都是从死人堆里爬出来的。你有这个心理准备吗？"

"我不怕死！"胡钰琳挺起瘦小的身板，目光坚定，一副视死如归的样子。

"你这个孩子真顽固，为什么就不听大人劝呢？"夏小满有点气急败坏，虎着脸说，"你看古今中外的大作家，哪个不是先学好数学再写作的？你要是不认真读书，姐以后就不认你这个徒弟了。"

坐在一旁的田卫琴憋不住笑，只好把脸扭向别处，肩膀微微耸动。

胡钰琳泫然欲泣，满脸失望，很不情愿地说："小满姐姐，我听你的。"

胡钰琳走后，田卫琴说："小满，今天真的是多亏了你。她只听你的，我们磨破了嘴皮都没用。这孩子很叛逆，父母又指望不上，只有我们当老师的多费点心了。我担心稍微一放松，这孩子走偏了道，一辈子就毁了。"

"没想到当老师比当作家还难，真的让我当几年老师，肯定会折寿。"夏小满松了口气，"我刚才没说错什么吧？"

"没有。"田卫琴笑道，"你说的句句在理。我听了都很有收获，她应该会听你的。"

"那就好。"

夏小满想起自己的初中班主任，一个严肃有余、活力不足的更年期妇女，她的招牌动作是像间谍一样躲在窗外偷窥教室里的动静，发现哪个不老实，冲进来就是一通暴风骤雨、泰山压顶式的教育。

同学们哀求老师别再偷窥了，我们都快吓出心脏病了。老师不为所动，还振振有词："我不玩点阴的，你们哪会老实？"现在回想起来，有一个老师成天盯着你，跟你过不去，蛮不讲理地监视你的一举一动，是一件多么幸福的事。

夏小满说："田老师，我见到宋凯了。"

"宋凯？"田卫琴当即愣住，"他出狱了？"

"出来几个月了，你不知道吗？"

“我怎么会知道，10 年没见过了。你今天不提，我都差点忘了有这个人。”田卫琴苦笑着摇头，“对了，你怎么会认识他？”

“前几天，在一个饭局上认识的，闲聊的时候就聊到你了。”夏小满撒了个小谎。

“他说了什么？”

“他说罗志文没死，他是冤枉的。”

“不奇怪，他一直这么说，你别信他的鬼话。”

“你亲眼看见他朝罗志文开枪了吗？”

“当时，我们三个人在场，是我亲眼所见，而且警方在现场发现了弹壳和血迹。”

“只要尸体没找到，理论上还是有生还的可能性。”

“我倒希望他说的是真的。如果罗志文还活着，我和孩子好歹也有个依靠。”田卫琴叹息一声，“算了，都过去这么久了，不提也罢。”

“对不起！我的好奇心太严重了，不该跟你说这些。”夏小满脸上露出歉意。

“没事。”田卫琴笑了笑，“我太了解他了，谎话连篇，情绪很不稳定，做事不计后果。小满，你最好离他远点，这个人很危险。”

15. 案发现场

1 号烤场。

烤炉里炭火正旺，烟熏火燎，空气中弥漫着浓郁的孜然味。丁冲和高更面前各摆着几瓶啤酒，也不用杯子，直接对着瓶嘴喝。

高更抓起一串烤羊枪，大嚼起来，同时大谈教育心得："抛开分数谈素质就是耍流氓，你连普通高中都考不上，敢说比名校大学生素质高？高分往往意味着高智商、高度勤奋和自律，如果连这都不算素质，请你告诉我什么叫素质？"

丁冲不禁点头，感觉被他说服了："所以说，勤奋至关重要。"

"天赋比勤奋更重要。"高更摇了摇头，"铁棒可以磨成针，木棒只能磨成牙签。"

"这是什么歪理？"

"爱迪生不是说了吗？天才是百分之一的灵感，加上百分之九十九的汗水；但那百分之一的灵感是最重要的，甚至比那百分之九十九的汗水都要重要。教室里只能贴前半句，后半句是不能告诉学生的，要让所有人都看到希望。我当了老师后，才发现，原来我们读书时都被老师骗了，没有哪个光靠勤奋就能上顶尖大学的。否则，我只要年复一年地复读，就能考上清华、北大了？事实并非如此。”

“好吧，说一千道一万，反正你们当老师的，最喜欢成绩好的同学。”

“错！”高更身体前倾，凑近了说，“告诉你一个小秘密，别乱传，老师最喜欢长得好的同学，其次才是成绩好的。”

“啊？”丁冲感觉脑洞大开，三观尽毁。

喝完几瓶啤酒，丁冲告诉他，夏小满正在调查 2009 年的枪击案，并且在与杀人犯宋凯接触。丁冲说：“我怀疑，密室杀人案可能与宋凯有关，说不定他就是凶手。”

“哦，说说你的理由。”高更剥开一颗毛豆，丢进嘴里。

“首先是时间上比较微妙，小满刚认识宋凯不久就遇害了。这有可能是巧合，也有可能存在因果关系。”

“然后呢？”

“警方在案发现场没有提取到任何痕迹物证，说明凶手头脑冷静，认真清理了现场，具有相当强的反侦查经验。初次作案的人行凶后，肯定会惊慌失措，很难做到这么冷静，凶手应该会有犯罪前科。宋凯正好符合这两个条件，坐过牢，警校毕业，当过辅警，熟悉办案程序和侦查手段。如果他要作案的话，可以轻松做到不留痕迹。”

“有点道理。”高更微微点头，“那他为什么要杀夏小满呢，动机是什么？”

“这点，我暂时还没想清楚。也许是小满在调查过程中，发现了他的秘密，才被灭口吧。”丁冲越说到后面，声音越弱，觉得这种猜测过于勉强，好像有点故意栽赃陷害的意思。

“这说不通。”高更夸张地摇头，“宋凯主动请夏小满帮忙，又要反过来杀她，自相矛盾！”

“那你有什么高见？”丁冲不服气地问。

“像我这样天才的头脑，肯定不走寻常路。”高更先把自己吹嘘一通，说道，“我的解题思路，是从密室入手。其实，这几天我都在想，如果能解开密室之谜，凶手自然就水落石出了。所以，我就一直在苦苦思索，凶手是怎么制作密室的，还真的让我找到一点灵感。”

“有话快说……”丁冲省略了后半句。

“你有没有怀疑过黄恬恬？”高更不紧不慢地问。

“不可能吧。”丁冲不由得大吃一惊，“黄恬恬是小满最好的朋友，你怎么会怀疑她？”

“你别急，听我慢慢说。”高更喝了口酒道，“4 月 10 日下午 2 点，黄恬恬去找夏小满，发现她倒在室内，而且门窗全部紧锁。所以，砸碎玻璃进去，确定人已死亡之后，再出来打电话报警。她是第一个进入现场并报案的人，当时的情况是不是这样的？”

“没错，是这样的。”

“如果黄恬恬对警察撒了谎呢？”

丁冲直视高更，示意他继续。

“我的推理是这样的。”高更说，“4 月 9 日晚上，黄恬恬杀完人后，借着大雾掩护，从容不迫地清理现场、制作密室。她先找到大门钥匙，从室内把门反锁，再将钥匙放回夏小满的包里。然后，她要检查所有的窗户，把其他窗户的搭扣扣上，只留书房的窗户不扣，因为她要从这里出来。这时候，从外面看，书房窗户是关上的，但是里面的搭扣并没有扣上。

“第二天中午，她按计划又去了现场，假装发现夏小满遇害。这时候，她知道书房窗户是可以推开的，但她故意用砖头砸碎玻璃进入室内。进去之后，她只要做一件事，就是把书房窗户的搭扣扣上，再爬出来，然后，打电话报警。当警察赶到后，看到的就是一个完美的密室。当然，鉴于是女性作案，不排除她有帮手。”

确实无懈可击，丁冲无力反驳。实施这种计划要有一个前提，凶手必须是第一个进入现场的报案人——黄恬恬正好是报案人。

高更继续说道：“还有，夏小满家的猫也被勒死了。虽然我不知道凶手为何要杀猫，但那只猫是黄恬恬送给夏小满的，这难道也是凑巧吗？”

丁冲拧紧了眉头：“她为什么要杀小满，动机是什么呢？”

“女人的敌人是女人。”高更说，“我比女人更懂女人，女人之间的嫉妒是很可怕的。夏小满是才华横溢的作家，光芒四射。黄恬恬却那么平凡，永远掩盖在她的光芒之下，就像一只丑小鸭。这种无法追赶的绝望就像在地底涌动的岩浆，隐藏极深，却无比炽热，熊熊燃烧的妒火一旦喷发出来，就能毁灭一切。就像我嫉妒你的才华一样，如果杀人不犯法的话，我早就想干掉你了。”

丁冲有点失望，前半段他还分析得头头是道，后面就吹得没谱了。

丁冲摇头道：“这种理由有点说不过去。”

“这只是一种假设，不保证答案正确，仅供参考。”

“不过，你还真的是帮我打开了思路。”

“下一步你打算怎么办？”

“先去案发现场看看。”丁冲抓起酒瓶，一仰脖子，把剩余的啤酒喝光。

清晨，丁冲做了个奇怪的梦。

夏小满要来报社检查工作，吴芳和伍光辉在办公室密谋要害她。丁冲也在场旁听，他们不知道丁冲认识夏小满。翌日上午，夏小满果然来了，端坐在布艺沙发上，笑容甜美，完全不知道自己正身处险境。

伍光辉拿着一个透明的小喷壶出来，走到夏小满面前，计划是把毒液喷在她脸上，让她毁容。丁冲见状，急忙上前挡在二人中间，假装和夏小满闲聊，暗示她有危险，让她快走。

丁冲又想起了电影《禁闭岛》里的情节，准备在手心写上“快跑”两个字，张开手掌给她看。如果夏小满还不明白，丁冲就决定明说了，就算拼掉性命也要保护她……

正在心急如焚时，忽然被手机铃声吵醒，丁冲侧身摸到手机。

“您好！请问是丁先生吗？”

“我是。”

“这里是专业办理银行信用贷款的，需要了解一下吗？”

“不用了，谢谢！”

又是骚扰电话。放下手机，丁冲回味着刚才的梦境，可能是日有所思，夜有所梦吧。丁冲上次教训了伍光辉之后，此人就老实多了，耳根也清静了许多。伍光辉在报社不得人心，没人帮他说话，那件事情也不了了之。

这天特别忙，上午开会赶稿，下午连续跑了几个突发现场。快到6点才忙完，丁冲开车去月亮湾。丁冲本来想邀田卫国同去，他到过现场，更熟悉情况。考虑到他与宋凯案的特殊关系，丁冲多留了个心眼儿，决定暂时不告诉他。

暮色四合，树林里传来各种奇怪的鸟叫声。

丁冲走进一条蜿蜒的小径，路不宽，两边种着桃树、广玉兰、樟树等植物，树上挂着禁止捕鸟的警示牌。如果没有发生凶杀案，这里的确是适合写作的清静之地。

走到路的尽头，一幢民房映入眼帘，白墙黛瓦。单层建筑，房子不大，但外观精致。门前长满杂草，这里已成凶宅，肯定没人敢住了。丁冲走到门前，大门紧闭，上面贴着白色封条。他试着推了几下，纹丝不动。

丁冲绕着房子走了两圈。南面有一扇入户防盗门，已反锁，推不开。前后四扇窗户，均为铝合金推拉窗。丁冲走到南面房间的窗前，试着推了推，居然推开了。他踮起脚尖，双手搭在窗台上，用力一撑，跃上了窗台，弓着腰跳了进去。

风随之涌入，呛人的灰尘味钻入鼻孔。丁冲屏住呼吸，把打开的窗户推回原位。

屋内漆黑，丁冲从裤兜里摸出手机，开启电筒。这是一间朝南的卧室，有双人床、衣柜、书桌，脚下是棕色木地板，有几块已经松动了，踩在上面发出“嘎吱”的响声。他四处看了看，找到墙上的开关，按了两下没反应，只好继续举着手机照明。

走出卧室，就到了客厅，地面铺着深灰色地砖，有沙发、茶几、电视柜。丁冲在客厅走了一圈，穿过客厅，进入对面的房间。这间房也是朝南，从家具陈设看应该是书房，他在靠近门口的地方停住，蹲下，凝视地面。

地上有用白色记号笔画出的人形图案，这里就是尸体倒卧的位置了，心跳不由得加速。

丁冲按照标记的位置仰面躺下，头朝南脚朝北，四肢张开，呈“大”字形。他闭上眼睛冥想，一股冰凉从后背传来，袭遍全身。丁冲仿佛看见了那个人，从后面悄悄接近夏小满，用绳索套住她的脖子……

那个人是谁？为什么要杀夏小满？

丁冲从地上爬起来，每间房都搜索了一遍，没有其他发现。里面的日用品都搬空了，只剩下空荡荡的旧家具和家电。入户门已反锁，打不开。

丁冲拍了几张照片，从原路返回，推开窗户，小心翼翼地爬出去。双脚刚落地，立足未稳，猛地感到耳后生风。

草丛晃动，一个黑影从背后一跃而起，把丁冲扑倒在地。

16. 遗像

絮状的云彩，疏朗地挂在天边，像是用画笔一笔一笔涂抹上去的。

夏小满沿着烟波大道，朝落日的方向跑去，像是追赶太阳。路过茶叶研究所，她看见保安老龚正在门口扫地，互相点头致意。

夏小满跑得不快，并未全力以赴，这样可以边跑边思考。

见过田卫琴之后，夏小满受了点小小的打击。起初，她还信心满满，以为凭自己的聪明才智能刺探到一点情报，不料刚一接触核心问题，就被挡出来了。没想到调查工作这么难做，她开始有点同情警察的工作了。

下一步的计划，是去找罗志文的父亲罗平，难度更大。田卫琴好歹还认识，能说上话，罗平却是素不相识。宋凯已打听到了罗平的住址，摆在她面前的难题是，一个独居的古稀老人，怎样接近他才不会让对方起疑呢？

直到跑回家，她也没想出好办法。

晚餐是凉拌绿菜花配小米粥，远不如小翠盘子里的食物丰盛。夏小满不禁苦笑，人类通过多少代人的努力奋斗，终于摆脱了茹毛饮血的原始生活，过上了好日子，吃得反倒还不如猫狗。

吃完晚饭，夏小满靠在沙发上刷手机短视频。这是她每天为数不多可以用来浪费的闲暇时光。夏小满从小就对魔术着迷，关注了好几个魔术教学的视频号。随着对魔术的理解加深，她越来越觉得魔术与悬疑小说有许多相通之处。

手机响了，又是谷健打来的。

谷健催她尽快开工。夏小满说还在收集素材，要再等一等，好饭不怕晚，她有信心把这部作品写出新高度。她的一席话把谷健哄得开开心心。

打完电话，夏小满打开微信，看到黄恬恬的朋友圈发了一组九宫格图片，是他们在敬老院做义工活动的场景。十几个义工有男有女，统一穿着红马甲，头戴小黄帽。有的打扫庭院，有的做饭，有的给老人理发，忙得不亦乐乎。

指尖划过图片，夏小满饶有兴致地一张一张看过去。照片上的黄恬恬举起剪刀手，紧紧依偎着一个古稀老人，笑得龇牙咧嘴，由于美图过度，脸上一片惨白。

配图文字是“爱满夕阳，对老人尽一分孝心，为社会添一分美好！”，满满的正能量。

想不到这丫头片子还挺有爱心，夏小满由衷地敬佩，反手给她点了一个赞。她把手机调成静音，放在茶几上，然后走进书房，打开笔记本电脑，忽然想起了什么。她又回到客厅，拿起手机给黄恬恬发信息：“我刚看了你发的朋友圈。”

黄恬恬很快回复：“我的样子不难看吧？”

“简直貌美如花，迷死人不偿命。”

“虽然你是在睁眼说瞎话，不过，我爱听。”

“你什么时候做义工了？也没听你吱过一声。”

“前不久，同事介绍我加入的。反正闲着也是闲着，跟大家一起出去走走还挺好玩的，顺便做点好事，一举两得。”

“真好，看得我都想加入你们的组织了。”

“大作家，别开玩笑了。你的时间比金子都宝贵，哪有这个闲工夫？”黄恬恬显然不信。

“我是认真的。”夏小满解释道，“我最近脑子进水了，写不出什么东西，不如跟你们去做点公益，既可以帮助老人，又可以体验生活。我从没到过敬老院，说不定还能收集点写作素材。”

“说的也是哈，如果我像你那样整天宅在家里早就疯了，你是应该出去走动走动，有兴趣就来吧。”黄恬恬说得很诚恳。

“加入义工协会需要什么条件吗？”

“做义工又不是考公务员，哪有什么条件，只要有爱心和时间就行了。有时要凑一点钱，给老人们买点东西。我们这个协会组织很松散的，召集人会不定期地组织公益活动，有时间的就参加，没空的就不来，反正来去自由，没人强制你干什么。”

“哦，这样就最好，你介绍我加入吧。”

“行。”

“你们下次活动是在什么时间？”

“明天就有活动，还是去敬老院，你有时间去吗？”

“有啊。”夏小满暗喜，满口答应。

黄恬恬把她拉进了义工群，约好明天早上在市文化会展中心门口集合，然后统一乘车出发。

第二天上午，夏小满跟随众人到了敬老院，给老人们做饭、洗衣服、打扫卫生，那些资深义工已经很有经验了，分派任务井井有条。夏小满第一次来，自然和黄恬恬分在一组，负责洗菜做饭。

干活的时候，夏小满说：“我知道一个独居老人，70 多岁了，无儿无女，怪可怜的，要不我们去他家帮忙搞搞卫生吧？”

“可以啊。”黄恬恬说，“你打算什么时候去？”

“我们这里忙完了，下午就可以去。”

“这么着急干吗？”黄恬恬瞪着眼睛看她。

“做好事是会上瘾的，你不知道吗？”夏小满料到她会有此一问，早就准备好了答案。

黄恬恬下午没时间，约了男朋友看电影，票已经买好了。她见夏小满热情高涨，不忍拒绝，于是问其他义工下午有没有时间陪夏小满一起去，有三个人表示愿意去，事情就这么敲定了。

午饭是在敬老院吃的，各种食材、油、米都是义工们带来的，大家陪老人们吃完饭、洗刷完毕，才踏上返程之路。到了文化会展中心，其他人各自散去，那三名义工上了夏小满的沃尔沃，向罗志文的父亲罗平家驶去。

沃尔沃开进小区，夏小满停好车，走在最前面，上楼敲门。前几天她来认过路，但是没敢敲门进去，因此轻车熟路。敲了几下，里面没动静，估计是老人的听力不好，夏小满加大力度，改用拳头砸门。

“吱呀”一声，门开了，露出一张苍老的脸，一双浑浊的眼睛茫然地看着门外的几位不速之客。

夏小满笑着问：“请问您是罗平老爷子吗？”

“是我。你们是谁，找我什么事？”罗平的眼神由茫然转为警惕。

旁边的一个大姐抢着说：“我们是义工协会的，到您这儿来看看有什么需要我们帮忙的。”那个大姐显得很有经验，又解释了几句，罗平终于明白，这几个人是专门帮助独居老人来义务劳动的，欢天喜地把她们请了进去。

夏小满环视室内，房子不大，两室一厅，六七十平方米，还是二十年前的装饰风格，家具、家电都很老旧了。屋里乱糟糟的，各种杂物胡乱堆放，透出一股荒凉、陈旧的气息。掉漆的西餐桌上有几盘中午吃剩的菜，靠墙摆着一排空酒瓶，看来他喜欢喝酒。

夏小满问：“老爷子，家里还有谁啊？”

罗平摇了摇头：“没了。”

“儿女都在外地工作吧？”夏小满明知故问。

罗平指着墙上的两个相框说：“这个是我老伴，两年前走的；这个是我儿子，10 年前就走了；现在就剩我一个孤老头了。”他说话时，脸上并无悲伤，也许是时间长了，冲淡了记忆。

夏小满的目光落在左边的相框上，那是一个年轻男子，20 多岁的样子，脸形轮廓与罗平很相似。不用问，此人就是罗志文了。

“对了，你们是怎么找到我家的？”罗平忽然问。

“是居委会的人告诉我们的，我们义工协会经常会和居委会联系。”夏小满随口编了个理由，他总不至于跑到居委会去求证吧。

四个人看完了房间，开始商量分工，两个负责洗衣服，两个打扫卫生。夏小满主动要求打扫卫生，趁别人不注意，她拿手机偷偷拍下了罗志文的遗像。四个人一直忙到太阳落山，才勉强做完。罗平看见屋内焕然一新，满脸感激；再三要留她们吃完晚饭再走，几个人都说有事要赶回家。

夏小满说：“老爷子，您保重身体，我有空再来看您。”

从罗平家出来，夏小满有点泄气。宋凯说得信誓旦旦，坚称罗志文没死。她对此行抱有极大的希望，以为能发现一点蛛丝马迹，没想到进门就看到罗志文的遗像。看来罗志文是必死无疑了。

夏小满在路上给宋凯打了电话，约他在上次那家星巴克见面。

下班高峰期，路上有点堵。夏小满走进星巴克时，宋凯已经先到了。夏小满说刚从罗平家出来，宋凯脸上露出欣喜，马上问：“他没有怀疑你吧？”

“同去的有好几个人，他绝对想不到我另有目的。”夏小满把去做义工的事说了。

“高明！”宋凯不禁竖起了大拇指，“这种创意，只有作家才想得出来。”

“你猜我看到什么了？”

“有什么发现？”宋凯身体前倾，注视她的眼睛。

“我看到了罗志文的遗像。”

“遗像？”宋凯皱了下眉。

“对。”夏小满点头道，“罗志文确实死了。”

“你是根据遗像确定罗志文已死的？”

“谁会给活人挂遗像？”夏小满说，“你说，罗志文没死，一定会偷偷跟父亲联系。现在看来，罗平肯定是相信儿子死了的，说明他后来再也没见过罗志文。”

宋凯沉思了半晌，问：“遗像在什么位置？”

夏小满说：“挂在电视墙正上方，很显眼的位置，进门我就看见了。”

“这事有点蹊跷。”宋凯说，“虽然警方认定罗志文死了，但是尸体一直没找到。作为父亲，只要一天没见到尸体，潜意识里肯定是希望儿子还活着的。他却挂起了遗像，这不符合人之常情，还挂在最显眼的地方，是不是有点此地无银三百两的意思？”

“你的意思是说，他担心有人会怀疑罗志文没死；所以，故意把遗像挂出来，目的就是要告诉大家，罗志文确实死了？”

宋凯点头道：“完全有可能，说不定就是罗志文出的点子。”

夏小满端起咖啡啜饮，内心有点动摇了。宋凯不愧是办过案的人，看问题的角度刁钻，而且更加深入一层，这一点她自愧不如。罗平苍老的脸庞又在脑海里浮现，那个看上去慈眉善目的老人，真的是在维护一个弥天大谎吗？

“对了，夏作家，你去见田卫琴了吗？”宋凯问。

“见了，没什么收获。她说，事情都过去这么多年，不愿多说。”

“别灰心，相信我，罗志文一定还活着。”宋凯用坚定的目光望着她，“只要是活人，总会在世上留下一些痕迹。”

17. 偷袭

偷袭丁冲的不是别人，正是刑警陈川。

陈川下了班没什么事，想到月亮湾案发现场去看看，突然发现屋里有人。他悄悄守在窗外，等那人出来时，突然发起袭击，果然一击得手。

丁冲被反铐双手，撂在地上。

“你是谁？”陈川低声喝问。

“别误会，我是记者。”丁冲急忙表明身份。

“记者？”陈川大感意外，“哪个单位的，叫什么名字？”

“我是晴川新闻网记者，我叫丁冲。”

“你就是丁冲？”陈川记得这个名字，田卫国跟他提起过。

丁冲见他半信半疑，朝自己胸前的口袋努了努嘴：“不信，你可以看我的证件。”

陈川从他的口袋里搜出了记者证和身份证；确认无误后，解开了他手上的手铐。丁冲站起来，拍掉身上的尘土，活动几下手脚，刚才被扭得太紧，关节处还在隐隐作痛。得知这个一脸凶相的人就是刑警陈川，丁冲心里的石头落地了。

“丁记者，你怎么会在这里？”

“我下了班，没什么事，就到这里来看看。刚好发现窗户没关，就进去了。”

“这么巧，我还以为是凶手。”陈川似笑非笑地看着他。

“有那么傻的凶手，会跑来自投罗案？”

“这种事情还真有。很多年前，一个小偷作案时，不慎掉了打火机；于是，又偷偷潜回作案现场，想拿回物证，刚好被我们逮个正着。”

“哦。”丁冲咂摸出弦外之音，“陈警官，你不会怀疑我是凶手吧？”

“你确实出现在不该出现的地方。”

“我是记者，有权力调查事实真相。”

“你擅自进入案发现场，我也有权力把你带回去调查。”

“好啊，那你抓我吧。”丁冲针锋相对。

“这次就算了。”陈川直视丁冲，“不过，我警告你，下次再让我发现你干扰办案，就不会这么客气了。”

陈川回到冷冷清清的家，煮了一碗面条，草草填饱肚子。

两年前，陈川和妻子协议离婚，儿子跟随前妻生活。前妻也是警察，在派出所当户籍警，二人的工作都很忙，无暇顾家，儿子成了“问题少年”，学习也荒废了。他们互相埋怨指责，吵吵闹闹过了十几年，渐渐地怨气越积越多。终于到了不可调和的地步，一别两宽，各生欢喜。

离婚后，陈川短暂地交往过两个女人。陈川总是忍不住拿她们与前妻比较，似乎还不如前妻。这么一想，便觉得索然无味。前妻青春已逝，还带着一个小牛犊似的儿子，没人敢要，也单着。

双方父母都劝他们复婚，跟谁不是搭伙过日子，好歹是原配，怎么也比半路合伙的强。人到中年，陈川越来越觉得老人说的话充满智慧。前妻似乎也有此意，经常打电话叫他回去看儿子，做一桌好菜等他。

最近，陈川一直在犹豫，要不要和前妻复婚。

人真是的奇怪的动物，在一起时势如水火、不共戴天，分开了隔远了，反而怀念起对方的好。今天下午，陈川给儿子送去一双限量版的篮球鞋，回来时，顺使去月亮湾再看看现场，不料遇到了丁冲。

那起案子过去快两年了，凶手依然逍遥法外，陈川不甘心认输。

2019 年 4 月 9 日晚，夏小满在自己的住处被人勒杀，报案人是她的闺蜜黄恬恬。门窗无破坏痕迹，而且均从里面反锁，案发现场是一个完全封闭的密室。现场被仔细清理过，被害人衣着完好，没有性侵迹象，凶手应该是从背后偷袭，用绳子套住了她的脖子。被害人的 LV 包放在床上，里面的现金被拿走了，其他地方却没有翻动的痕迹，凶手的目标应该不是财物，此举可能是为了迷惑警方。

屋内还有一具黑猫的尸体，同样是被勒杀。

案发当晚大雾弥漫，对面不见人，附近的监控都变成了瞎子。

案发现场的门窗未遭破坏，说明被害人认识凶手，是主动开门让凶手进来的。初犯作案很难做到如此冷静、不留痕迹，说明凶手的心理素质极好，且具有反侦查经验。这是一起精心策划的、有预谋的杀人案。

综合以上情况，专案组给凶手画像：男性，有前科，熟人作案。

陈川是专案组组长，起初，他信心百倍，带领刑警全面排查，筛选出几个重点嫌疑对象，但是经过进一步调查，都排除了。兜了一大圈，又回到了起点。

杀人现场为何是封闭的密室，杀人动机是什么，为何要杀猫？这几个关键问题仍是不解之谜，像浓雾一样笼罩在每一个刑警头上。上级要求命案必破，此案被列为省厅督办案件，作为专案组组长的陈川，更是压力山大。

正思忖间，手机响了，陈川按下通话键。

“陈警官，你好，我是丁冲。”

“丁记者，你好！”

“刚才，我确实太冲动了，可能有些言语不当，向你诚恳道歉。”

“算了，一场误会，我也有点冲动，你不必放在心上。”陈川虽然提防记者，却不想与记者为敌，见他说得诚恳，口气也软了下来。

“这个案子有太多蹊跷的地方，我还是想和你当面聊聊。”

“对不起，如果你想采访的话，恕不能接待。我们有办案纪律，请谅解！”陈川马上又警惕起来。

“嗯，这个我知道，老田跟我说过了。”丁冲解释道，“陈警官请放心，这不是正式采访，我就是觉得这个案子蛮有意思的，就算是朋友之间的聊天吧，满足一下我的好奇心。”

遇上这样一个难缠的记者，陈川不禁头痛。他搬出了田卫国，陈川就不好断然拒绝了，只好勉强答应，“要不这样吧，明天你到我办公室来。”

“好嘞，谢谢陈警官！”

次日上午，丁冲先打电话约好时间之后，来到陈川的办公室。

陈川依然充满戒心，见面先把谈话的底线画出来：“丁记者，咱们有言在先，涉及案件机密内容，我不能透露给你。”

“那是当然。”丁冲笑道，“那天，我和老田闲聊，听他说起这个案子，觉得很有意思，就想多了解一点。你觉得能说的就说，不能说的就不说，等你们将来破了案，如果需要宣传报道的话，我可以尽绵薄之力。”

“你想了解什么？”

“案发经过方便说吗？要是不方便就算了。”丁冲小心翼翼地试探。

陈川没想到他如此坦荡，反倒显得自己有点小家子气了，失了风度。陈川点着了一支烟，稍微整理思路，简要介绍了案发经过，有些不宜公布的细节刻意隐去了。

丁冲问：“你们找过被害人的家属吗？”

“夏小满的父母都在泰国，接到通知后马上赶回来了。他们只知道女儿在潜心写作，对她的生活细节并不了解。她的父母很后悔，当初没把她强行留在泰国，没想到会发生这种悲剧，没待多久就回泰国了。可能是怕触景生情，不想在这伤心之地久留吧。”

“案子查了这么久，警方应该有怀疑对象吧？”

“不瞒你说，我们当初是列出了几个重点嫌疑对象，但是全都排除了……”陈川看着丁冲欲言又止，似乎在提醒他，这个问题越过底线了。

“既然都排除了，说出来不会影响你们办案吧？”丁冲笑道，“如果我能多了解一些情况，说不定能给你提供一点新思路呢？”

陈川愣了一下，一脸狐疑地望着丁冲。原来他是有备而来，管他是不是吹牛，告诉他也无妨，万一他真的能提供线索呢，陈川抱着试一试的心态想。

“夏小满以前住在晴川市茶叶研究所对面。案发前不久，才搬到月亮湾。我们就觉得奇怪，住得好好的，为什么要搬家呢？通过调查才了解到，原来是一个姓马的变态狂，深夜跑到她家门外偷窥，这个马某被派出所抓到了还关了几天。夏小满担心他会再来骚扰，所以才搬家。”

原来如此，丁冲一直想不通夏小满为什么会搬家，这个谜底终于解开了。“所以，你们怀疑马某是凶手？”

“是的。”陈川点头道，“他以前能找到夏小满的住处，也有可能找到她的新住处，所以，我们把此人列为头号嫌疑对象。我们传唤了马某，并搜查了他的住处，但没有搜到什么。据马某交待，他 4 月 9 日整晚都待在家中没出门，却提供不了任何证人。但是，我们也无法证明他作案，审了一天一夜，只好把他放了。”

“后来呢？”丁冲追问。

“我一直在密切关注这个人，但是通过多方努力，找不出任何证据能证明他与这起凶杀案有关，只好放弃了。”

“既然他无法提供不在场证明，说明此人有重大作案嫌疑，你们这么轻易就放弃了？”

“丁记者，说这话就外行了。”陈川不客气地反驳，“警察办案必须遵循无罪推定原则。只要没有证据证明一个人有罪，那就是无罪。如果按照有罪推定去办案，人人都有嫌疑，我也可以怀疑你杀了夏小满，你怎么向警方证明你没有杀人？”

“我……”丁冲一时语塞，转而问道，“你说的这个马某叫什么名字，他住在哪？”

“对不起，当事人的隐私我不能告诉你。”陈川脸上的表情毫无商量的余地，“你刚才不是说要给我们提供新思路吗？我很想听听你的高见。”

丁冲说：“黄恬恬有疑点。”

陈川挑了下眉：“你凭什么怀疑她？”

“黄恬恬是报案人，也是第一个进入杀人现场的人，最有机会制造密室假象。”丁冲把破解密室的思路和盘托出，这种假设其实是高更想出来的，他当然没说。

陈川听得很专注，起初，眉头紧锁，很快就恍然大悟：“不瞒你说，我们确实重点调查过黄恬恬，我一直觉得她有嫌疑。”

“那就要继续加大调查力度。”

“不必。听你这么一说，黄恬恬的嫌疑就可以彻底排除了。”

“为什么？”丁冲大感意外。

“假如黄恬恬是凶手，绝不会把现场布置成密室。这对她有什么好处呢？非但没有半点好处，反而有害，画蛇添足只会暴露自己。按照这种思路，制作密室的人，必须是第一个进入案发现场的人，警方通过密室就可以反推到她身上。所以，黄恬恬不可能是凶手。”

这番话确实无懈可击，丁冲默然点头，冷不丁地问：“你们找过宋凯吗？”

“宋凯？”这回轮到陈川大吃一惊，这个名字太熟悉了，完全没料到会从丁冲的嘴里冒出来。陈川需要再次确定是不是重名，“哪个宋凯？”

“就是 12 年前杀害罗志文的宋凯。”

“宋凯与密室杀人案有什么关系？”

“我现在也不是很清楚，但可以确定的是，夏小满在案发前见过宋凯。”

“他们怎么会认识？”

“宋凯出狱后找过夏小满，想叫她帮忙寻找罗志文，宋凯坚信罗志文还没死。”

“你是怎么知道的？”陈川的双眸射出两道精光。

“干我们这行的，有时会有一些特殊的消息渠道，我暂时还不方便透露，合适的时候我会告诉你。”

“谢谢你，丁记者，你提供的线索很重要。”

丁冲走后，陈川陷入了沉思。月亮湾密室杀人案查了这么长时间，根本不知道夏小满与宋凯有过接触。丁冲最后抛出的重磅炸弹，把他都炸蒙了。

这个记者很不简单，他为何会对夏小满的案子如此关注？

此人究竟是什么来头？

18. 魅影重现

大地苍茫，暮色中的鹦鹉山深沉缥缈。

夏小满坐在橡木书桌前，把笔记内容从头到尾又看了一遍。做笔记是作家的日常，她会随手记录有趣的人和事，分门别类地存入自己的“仓库”，随用随取，方便快捷。当她确定一个写作题材后，又会围绕这个专题大量囤积素材，像即将过冬的松鼠一样。

随着对枪击案的深入调查，笔记内容也在不断充实。起初，她只是想搜集写作素材，渐渐地就被扑朔迷离的案情所吸引。她想知道真相，就像看到一个神奇的魔术，急于破解背后的秘密。

未解之谜，总是令人着迷。

自从在罗平家看到罗志文的遗像，听了宋凯的分析之后，夏小满觉得越来越有意思了。如果罗志文真的没死，那将是一个惊人的发现。她打算再次去见罗平，但不能操之过急，怕引起对方怀疑，她要努力克制住内心的冲动。

合上笔记本电脑后，夏小满走到窗前。

外面起了风，乌云在天空匆匆游走，看样子要下雨了。好几天没联系丁冲了，此刻他在干什么呢，那里也会下雨吗？

夏小满扭头喊道：“小度，小度。”

小度回应：“在呢。”

“你觉得丁冲能看上我吗？”

“哎呀，这个问题可把我难住了。”

小度是个机灵鬼，脸皮奇厚，遇到答不上的问题从不脸红羞愧，只会撒娇卖萌打太极。

夏小满想起白天在手机上新学的一个魔术。于是，现学现卖，拍了个短视频发给丁冲。

丁冲采访结束回来，刚进家门，靠在沙发上点开了视频。

夏小满拿出一枚面值一元的硬币，分别交到左右手展示，表示是真的。然后嘴巴张开，右手拇指和食指捏住硬币，顺势往嘴里一丢，嘴巴迅速合拢。她用力吞咽了几下，装出一脸痛苦的样子，嘴巴重新张开，十指舒展，掌心向外，空空如也，表示硬币吞进肚子里了。

丁冲仔细看了两遍，居然找不出破绽，琢磨了半天也想不出机关在哪，不由得佩服，给她发了一个大大的拇指向上的表情。

“新学的魔术，怎么样？”夏小满满心欢喜。

“厉害！硬币藏到哪儿了？”丁冲当然不信她会真的把硬币吞下去。

“你猜？”夏小满得意地卖起了关子。

“猜得出我还问你？”丁冲理直气壮。

“笨蛋！想学的话，我教你呀。”

“那你快教教我。”

“有这么求人的吗？叫师父。”

“师父。”

“乖徒儿。”

夏小满芳心大悦，重新演示了一遍慢动作，毫无保留。魔术玩的是障眼法，最关键的一步捅破，就没有秘密可言了。丁冲很快就学会了，夏小满夸他朽木可雕，孺子可教。

夏小满幽幽地说："丁先生，真的好想见你一次，我是说面对面的那种。"

丁冲说："只要你想见就可以。"

"真的？"

"2019年4月12日上午11点之前，我会在厦门海角七号咖啡厅。"

"你怎么记得这么清楚？"

"我从上海飞到厦门，在厦门停留了一天，打算第二天坐高铁到晴川。那天上午11点，海面上发生了两船相撞事故。一艘是货船，另一艘是渔船。渔船很快就沉了，我在咖啡厅目睹了沉船过程，所以，印象特别深。"

"好啊，我们一起去看沉船。"夏小满眼睛里散发出异样的光彩，转瞬就暗淡下去了，"可是，2019年的你根本不认识我，肯定会把我当成骗子的。"

"你那么聪明，一定有办法说服我相信你。"丁冲说，"对了，最近不论发生什么事情，你千万不要搬家。"

"为什么？"夏小满记得他上次也提过搬家的事。

"因为……"丁冲迟疑道，"我担心你搬离了兰若轩，可能会失去灵感，对你写作不利。"

"想不到你也这么迷信。"夏小满笑了，"好，我答应你。"房租签了十年，夏小满从未想过要搬家，她已适应了这里的一切。

丁冲叮嘱她锁好门窗，注意安全。她说，知道了，忙去吧。

晚饭过后，外面下起了淅淅沥沥的小雨。

暮春的夜雨让人的心情格外宁静，把心都濡湿了。

据说，人类祖先还在洞穴群居时，下雨的夜晚野兽不会出来，所以睡觉特别踏实。经历了数百万年的进化，雨夜带来的安全感就深深植入了人类的基因。人是不安分的动物，吃饱喝足有安全感了，就会想起一些美好的事情。

夜雨，是思念的声音。

夏小满舒适地靠在躺椅上，在雨声的催眠下，困意渐渐袭来，迷迷糊糊地睡着了。

再次睁开眼睛，笔记本电脑已自动黑屏，进入休眠状态，小翠趴在脚下睡得正香。雨下得更大了，隆隆的雷声从遥远的云端传来，把她惊醒。

夏小满恨这雷声，惊扰了她的春梦。梦里，她去上海找到了丁冲；然后，发生了一些不可描述之事。

夏小满翻了个身，揉了揉惺忪的眼睛，目光瞥向窗外。外面暴雨如注，一道闪电划过，把大地照得亮如白昼，夏小满猛然看见窗帘外站着一个黑影。紧接着一个响雷在头顶炸响，她的心里“扑通”一下，吓得脸色苍白，顿时睡意全无。

那个人又来了！

夏小满赶紧走到客厅，拿起手机打 110，接电话的是一名女子。有了上次的报案经验，她先问清了对方的身份，确认是公安 110 接线员，才说出详细地址。接线员说，马上会派人出警，叫她锁好门窗，保持冷静，耐心等待。

报完警后，她又给黄恬恬打电话。黄恬恬叫她不要惊慌，马上会带男朋友过来。

外面没有动静，她渐渐冷静下来，想给丁冲发信息，刚拿起手机又放下了。他在另一个世界，知道了又能怎么样呢？除了多一个人担心，解决不了任何问题。

20 多分钟后，手机屏幕亮了，有电话打进来，手机调成了静音。

“你好，我是派出所民警，请问刚才是你报案吗？”

“是我。”夏小满压低声音说。

“我们马上就到晴川市茶叶研究所，你家在研究所的大门对面，地址没错吧？”

“没错，我在马路对面的红房子里，你们到了就能看见。”

雨势渐渐减弱，外面传来汽车引擎声，夏小满壮起胆子扒开窗帘，看见一辆警车停在马路上，车灯穿透夜幕，映出斜斜的雨帘。车上下来两个穿雨衣的警察，手里各拿一盏强光手电筒，一前一后向院子走来。

警察向夏小满出示了证件，走在前面的高个警察名叫康伟，40 多岁，跟在后面的年轻警察是小刘，二人是鹦鹉山派出所的民警。

夏小满说：“警官，你们怎么才来？刚才，吓死我了。”

康伟解释道：“对不起！雨下得太大，车子开不快，接到指挥中心的电话，我们就往这里赶了。”

听完夏小满介绍的情况后，康伟和小刘拿着手电筒，绕着房子四周以及院子内外仔细搜索，没找到人，也未发现异常状况。那个人已经逃走了。

三人回到室内，康伟问她有没有其他线索或者怀疑对象。夏小满说，几个月前的晚上，曾看见窗外有一个黑影，身高体型跟今天晚上这个差不多，怀疑是同一个人。

康伟问：“具体是什么时间？”

“1 月 5 日。”夏小满记得很清楚，“对了，那天晚上也是下着大雨。”

“报案了吗？”

夏小满刚想说“报了”，立刻又咽了回去。如果告诉警察，那天晚上确实打了报警电话，但是阴差阳错被另一个时空的丁冲接到了，警察会相信吗？肯定会认为她的脑子出了问题，为了省掉不必要的麻烦，还是不说为妙。

夏小满摇了摇头说：“我以为是半夜拾荒的人，所以，没报警，想不到今天又来了。”

“为什么两次都是选择下雨天？”康伟抱起了胳膊，微微皱眉，“你看到了两次，不表示他只来过两次，说不定这个人经常来。”

“啊？！”夏小满居然没想到这点，经康伟提醒后，内心的恐惧又增加了几分。

警察在给夏小满做笔录时，黄恬恬带着男朋友陆俊赶到了。做完了笔录，康伟又交代了几句注意事项，带着小刘走了。

大门紧闭，客厅灯火通明，三人并列坐在沙发上。黄恬恬和陆俊分坐两侧，夏小满抱着小翠坐在中间，稍稍感到心安。

黄恬恬侧身问：“会是上次那个人吗？”

夏小满说：“看不清，我感觉是他。”

“现在打算怎么办？”

“我不知道。”夏小满茫然地摇头，“等警察调查结果出来再说吧。”

“还等？我的大作家，你的心真大！”黄恬恬瞪着眼睛看她，不由得提高了音量，“你已经被人盯上了，这里不能再住了。别指望警察能帮你，大案他们都忙不过来，哪有工夫管你这种小事？”

“那怎么办？”

“今晚先住我家，明天就找房子搬家，一天都不能等。”

“不行。”夏小满坚决地摇头，“我习惯了安静，怕吵，住到市内恐怕一个字都写不出。”

一直沉默的陆俊开口道：“小满，前几天我听跆拳道馆的合伙人说，他们家在鹦鹉山有一间房子，上个月刚搬出去，房子正好空着。要不我帮你问问，看能不能借你暂时住一段时间。”

“你怎么不早说？”黄恬恬望向男友，眼神中含着责备。

“我也是刚刚才想到的。”陆俊小声解释。

夏小满心乱如麻，勉强挤出笑容，道：“谢谢你们的好意，等天亮再说吧。”

派出所值班室只剩下康伟和小刘。小刘拿出两碗康师父红烧牛肉面，撕开包装，注入滚烫的开水，熟悉的气味四散弥漫。二人隔着办公桌对面而坐，“呼哧呼哧”地吃起来。

今天是康伟和小刘值班，雨夜寂静，值班电话也像吃了哑药似的，出奇的安静。康伟以为今晚能睡个安稳觉，没想到后半夜电话还是响了。

康伟把面条送进嘴里，脑子也没停下来：门外的人到底想干什么呢？目标是财物还是人，或者只是想偷窥？不管他怀有什么目的，这都是个极度危险的人物，得想办法把这个混蛋揪出来。

康伟看着小刘：“说说你的看法。”

小刘嘟囔道：“山上太偏僻，又没监控，恐怕不好找。”

“没监控，就不用破案了？”康伟不以为然道。监控确实好用，但凡好用的东西用成了习惯，就容易形成路径依赖，现在的年轻人被现代科技惯坏了，没有监控就不知道怎么破案了。康伟刚当警察那些年，“天网”工程还没建起来，路面上哪有摄像头，破案率也不比现在低。

康伟问：“还记得我们在路上遇到的那部车子吗？”

小刘眼前一亮：“你是说那辆长安汽车？”

康伟点了点头。几小时前接到报警，二人立刻驱车上路，警车刚拐入烟波大道，就看见对面驶来一辆黑色小轿车。雨下得太大，车标看不大清，康伟说是日本豪华品牌讴歌，小刘说是国产品牌长安。

这两个车标长得太相似，像失散多年的亲兄弟，并不容易区分，二人还争论了一番。小刘是资深车迷，说讴歌没出过这种外形的车子，康伟才相信是长安。

烟波大道是唯一的进山公路，警车上山，长安轿车下山。雨夜路面车辆稀少，他们在进山公路只遇到这一辆车，还为车标争论了一番，所以印象较深。二人急着赶往现场，当时并未留心记车牌。

康伟现在冷静下来，感觉这辆长安汽车有点可疑。假如嫌疑人从夏小满的住处开车下山，到达会车地点，大约需要 15 分钟。夏小满是在 25 分钟之前报的案，说明那时嫌疑人还藏在她家窗外，嫌疑人有 20 多分钟时间从容下山，完全有可能与警车迎面相遇。

当然，这仅仅是猜测，也许嫌疑人根本没有开车。

康伟喝光了面汤，把方便面碗丢进垃圾桶，说道："明天上班后，我们先去调取卡口监控。"进山入口处装有监控，由此进出的所有车辆都会被自动抓拍。

次日上午，二人去调取卡口监控，很快就查到了那辆长安汽车。随后，这辆车的档案信息也调出来了。车主名叫马东升，男，43 岁，户籍地址在本市的幸福庄园小区，档案里留了他的电话。

幸福庄园是个老旧的住宅小区，建于 20 世纪 90 年代，二人按照户籍地址找到了马东升家门口。康伟拿出手机拨通他的电话："你好，请问是马东升吗？"

"是我，哪位？"电话里传来中年男子的声音。

"派出所的，找你问点事。"

"你们找我什么事？"那人的声音立刻警惕起来。

"把门打开，我在你家门口。"康伟并不确定他此刻是否在家，先诈唬一下再说。

"吱呀"一声，门果然开了，露出一张皮肤松弛的圆脸。穿着深蓝色格子睡衣的马东升，一脸惊讶地望着门外的两个不速之客。

康伟出示了证件："你叫马东升？"

"是我。"

康伟仔细打量此人：中等身高，眉骨突出，吹火嘴，头发稀疏，比实际年龄显老，像 50 多岁的人。

房子不大，两室一厅，60 多平方米，屋里乱糟糟的，像垃圾中转站，浓郁的臭袜子味能熏死蚊子。突然来了两个警察，马东升显得很拘禁，目光似乎无处安放。

康伟问：“你在哪上班？”

马东升说：“我是专业钻洞的，就是给装修的人家钻空调洞。一般是在家里等电话，有业务才出去，没事就待在家里。”

“你是不是有一部长安轿车？”

“是的，去年花了 3 万元买的二手车。”

“昨晚你去哪了？”

“在家睡觉，哪儿都没去。”

“昨天有人问你借过车吗？”

“没有啊。”马东升避开他的目光。

“哦，那就好。”康伟微微点头，与小刘对视一眼，二人心里都有数了。

他在撒谎！如果他说昨晚因为别的事情开车去过鹦鹉山，还要继续查证他说的是否属实。现在，他矢口否认，事情反而变得简单了，连后面查证的步骤都省掉了。

康伟到各个房间转了转，小刘去了阳台。

阳台与主卧室相连，被各种杂物塞得满满当当，居然有个胡桃色的旧书架，里面塞满了书。小刘走到书架前随手抽出一本，书名是《密室收藏家》，是推理小说。小刘扫了一眼内容简介，心中暗自好笑，为什么不叫《垃圾收藏家》？

小刘问：“你喜欢看推理小说？”

马东升搓了搓手，腼腆地回答：“平时事情不多，一个人在家看看小说，打发时间。”

康伟回到客厅，问马东升：“房子是你自己的？”

“是的。”

“家里还有什么人吗？”康伟明知故问，刚才没发现女人和小孩的生活用品，确定此人是单身汉。

“没有了，父母都去世了，给我留了这套房子。”马东升说，“我没结过婚，家里没女人，有点乱，让你们笑话了。”

“哦，一个人晚上挺寂寞吧？”康伟似笑非笑地看着他。

“习惯了，看看小说或电视就睡觉。”

“昨晚看了什么节目？”

“昨晚……我整晚都在看小说，很早就睡了。”

康伟抱起了胳膊，环视四周，正在思索如何让他开口，忽然听到小刘站在阳台上喊：“头儿，别跟他磨叽了，带回所里去审！”

小刘手里拿着一本书，回到客厅。康伟定睛一看，书名是《凶手夜未眠》，作者夏小满。

19. 生日宴

田卫国打电话邀请丁冲去家里吃晚饭。家宴是最高级别的接待，丁冲没有理由不去。进了门，才发现陈川也在。田卫国招呼丁冲在沙发上坐下，转身对陈川说：“这就是我上次跟你说的丁冲。”

陈川笑道：“我们见过面了。”

田卫国大笑：“这么快啊，那就不用我介绍了。”

三人在客厅边看电视边喝茶聊天，田卫国的妻子肖莉在厨房里忙碌，不一会儿就飘出墨鱼炖排骨的香味。

门铃响了，田卫国过去开门。门口出现一个30多岁的女子，手里拎着蛋糕盒，身后跟着一个穿白色校服的瘦削少年，比她高出半个头。

女子拉着少年的手说：“小新，祝舅舅生日快乐！”

叫小新的少年低着头，怯生生地说：“舅舅，生日快乐！”

“哎，小新真懂事！”田卫国夸张地高声应着。

女子似乎对儿子的表现有些不满意，柔声道：“跟大人说话，眼睛要看着对方，这样才有礼貌，明白吗？”

小新不说话，只是轻轻地点头。

田卫国把小新拉到身边，宽大的手掌抚摸着少年的头，眼神里溢满了慈爱。“小新又长高了，很快就要超过舅舅了。”

丁冲也看明白了，刚进来的这个女人，就是宋凯的前妻田卫琴。那个叫小新的少年，就是她和罗志文的儿子。

小新性格腼腆，缺少这个年龄该有的活泼好动。可能是看见有陌生人在场，更加显得拘谨，总是避免与其他人目光接触。也许和 10 多年前那场家庭变故有关吧。大人们犯的错，却要让小孩来承担后果，真的是太不公平了，丁冲心里感慨道。

丁冲很少见田卫国笑得这么灿烂，额头上的抬头纹都能夹住铅笔了。丁冲的心里不禁有点后悔，事先没摸清楚情况，没带生日礼物，却也无法补救了。

今天是田卫国 52 岁的生日。儿子大学毕业后，去了国外，家里只剩下老夫老妻，本来就冷清；田卫国还经常值夜班，难得有热闹的时候。肖莉进进出出，却满面春风，忙得不亦乐乎。田卫琴也系上围裙，到厨房帮忙去了。

圆桌上摆满了菜，六个人围桌而坐，田卫国、陈川、丁冲喝白酒，肖莉、田卫琴和小新喝椰奶。

田卫国把一盘白灼基围虾挪到小新面前：“小新，舅妈做了你最爱吃的基围虾。”

肖莉说：“今天的虾很新鲜，下锅时还活蹦乱跳的，多吃点！”

小新夹了几只虾到面前的碗里，低头专注地剥虾。外甥多像舅，戴着近视眼镜的小新身材瘦削，五官与田卫国颇为神似，嘴唇上已长出了细细的绒毛。

“学习怎么样？”田卫国似乎格外怜爱这个小外甥，自打小新进门起，视线就没从他的脸上移开过，不停地逗他说话。

“还行。”小新很腼腆，完全不像他妈妈的性格，总是低着头，极少与大人们有眼神接触，也不爱说话，总是问一句答一句。

田卫国皱了下眉，不知道“还行”这两个字该如何理解。

田卫琴说：“小新这次考得还不错，进了年级前 20 名。”

“那就好，进重点高中是没问题了。”田卫国眉头舒展，“小新，马上就要中考了，加油！向丁叔叔学习，将来考双一流名校。”

丁冲笑道：“小新将来肯定比我厉害。”

田卫国说：“光学习成绩好还不够，身体也要炼强壮，体育报了哪几个科目？”

田卫琴说：“报了跑步、跳绳和立定跳远。从初一起，我就督促他练了，体育也是要计入中考成绩的，不能拉后腿。”

“那就好。”田卫国放心了。

小新似乎不习惯自己成为话题中心，很快就吃饱了，到客厅看电视去了。田卫琴举起酒杯：“哥，生日快乐，祝你和嫂子越活越年轻！”

“老了，老了。”田卫国端起酒杯，笑着摇头，“卫琴，你也老了，马上四十了，要抓紧时间找个伴，再拖几年就没人要了。”

田卫琴故意拉长了脸，佯嗔道：“哥——你会不会说话，哪有当面说女人老的？”

田卫琴穿深棕和浅棕撞色连衣裙，外罩米色西服外套，笑起来眼角就漾出鱼尾纹，像小笼包头上的褶皱，染成栗子色的泡面头也没法留住逝去的青春。

田卫国说得没错，田卫琴举手投足都是妥妥的大妈气质，丁冲心里这么想，嘴上却说：“卫琴姐一点都不显老，刚进来时，我还以为是你女儿呢。”

“你看，你看，人家小帅哥多会说话。”明知道是拙劣的谎言，田卫琴还是格外受用，捂着嘴“咯咯咯”地笑，目光转向田卫国，“你们这些老家伙学着点。”

田卫国却不依不饶：“别人只会拣好听的说，哪会跟你说实话？我是你亲哥，不怕你不高兴。夫妻不就是搭伙过日子，别挑肥拣瘦的。小新长大了，迟早是要独立生活的，将来，你老了有个伴，也好互相照应。”

长兄如父，田卫国不知不觉又进入了父亲的角色。兄妹二人相差十几岁，田卫国一直把她当女儿看待。

田卫琴见他说得诚恳，也收敛了笑容：“现在不行，等小新上了大学再考虑吧。”

“小新读书和你自己的事不冲突啊……”田卫国还想唠叨，妻子肖莉实在看不下去了，剜了他一眼：“老田，少说两句行不行？哪壶不开提哪壶，下次再这样，都没人敢进你家的门了。”

田卫国吓得一缩脖子，到了嘴边的话又咽了回去。田卫琴忙打圆场，“嫂子，没事，让哥说，他是为我好。”

田卫国喝了酒就爱说话，此时已有七八分醉意，哪里停得下来。无奈肖莉下了封口令，他只好找陈川说话：“听说，你快要高升了？”

陈川说：“谣言，别信！”

“你小子口风还是那么紧，外面都传开了。”

“‘八’字都没一撇的事儿，谁知道半路上会杀出几个程咬金来，不到最后不能算数。”

陈川等于委婉地承认了。职务任免是敏感话题，在没有正式任命之前，旁人可以随便议论，当事人却是不能认账的；一旦结果有变，就要闹出笑话。

田卫国哈哈大笑，他最了解这个老部下，说话办事都极其谨慎，不到证据确凿、板上钉钉的时候，绝不轻意下结论，这也是一个刑警最重要的素质。

田卫国不再为难他，换了个话题："最近案子多吗？"

陈川说："那个系列入室盗窃案就足够让人头痛了，盗窃团伙成员互相狗咬狗，交代了几十起案子，但是很多失主当时没报案，时间长了，现在取证很困难。有些人认为，报了案也是白搭，反正警察破不了，干脆不报案了。"

"不能怪老百姓，哪家丢了东西不心疼，都恨不得把小偷剁碎了喂猪。老百姓不信任警察，说明我们的工作没做好啊。"田卫国看了一眼田卫琴，"上次，卫琴丢了一部电动车，我叫她去派出所报案。她死活不愿去，还说浪费时间。你看看，连我们警察的家属都是这种态度，其他人就可想而知了。"

田卫琴抿着嘴笑，仿佛在说："你说得太对了，我就是信不过你们这些警察。"

陈川摇头苦笑，一脸的无奈。

田卫国说："别的案子，我没兴趣。月亮湾那个案子，你千万不能松劲，要紧紧咬住不放。我办了一辈子案，没见过这种古怪事，我倒想亲眼瞧瞧，究竟是哪路神仙兴风作浪。"

"这个案子是省厅督办案件，上面都在盯着呢，我一刻也不敢放松。师父，您有什么高见？"陈川一半是请教，一半是恭维。

"我老了，离开刑侦一线这么多年，思维和观念都跟不上了。"田卫国先是自嘲一番，转而道，"我觉得这个案子的关键，还在密室。"

"嗯，您说。"陈川看着他的眼睛。

"凶手杀了人，清理完现场，按说应该尽快离开现场才对。可是，他为什么要布置密室，这么做的理由是什么？"

"应该是想掩盖一些东西吧。"

"掩盖什么呢？"田卫国自问自答，"凶手这么干，也许是想转移侦查视线，把疑点引向有条件接触大门钥匙的人。"

田卫国说得正起劲，肖莉又不高兴了：“老田，你就不能说点好听的吗？又是杀人，又是凶手，瘆得慌。”

田卫国目光迷离，看着妻子傻笑。肖莉越听越没劲，拉着田卫琴离席，到房间里看她新买的鞋子去了。桌上只剩下三个男人。

陈川说：“我们确实在这方面走了弯路，有条件接触大门钥匙的人有三个：房东、黄恬恬以及她的男朋友陆俊。这三个人都重点排查过了，既没有杀人动机，也没有作案时间。”

田卫国把目光转向丁冲：“你不是对这个案子很有兴趣吗？说说你的看法。”

丁冲说：“我是外行，不说了吧。”

田卫国鼓励道：“咱们这又不是案情分析会，随便瞎聊。”

丁冲说：“也许，凶手想到了一种制作密室的方法，就想找机会试验一下，杀个人挑衅警方。当然，这种想法很疯狂，如果动机成立，凶手应该是一个心理不正常的人。”

田卫国委婉地否定了他的推测：“这种可能性不能排除，但在现实中确实非常罕见，我活到这把年纪还没见过这种案例。”

丁冲说：“另一种可能，就是真正的凶手一直没有进入排查范围。”

这句话近似废话，陈川却若有所思，微微点头。陈川本想谈谈宋凯，忽然想到田卫国兄妹都不愿提及此人，今天这种场合也不合适，欲言又止。

20. 搬家

夏小满在酒店住了一夜，黄恬恬陪她到酒店，开好了房间才离开。快到中午时，夏小满接到了康伟的电话。

“夏作家，现在，有时间到派出所来一趟吗？”

“康警官，什么情况？”夏小满走到阳台上接电话。

“昨晚的那个人找到了。”

“啊，这么快！”夏小满不由得握紧了手机，不知是兴奋还是紧张，心里“扑通”直跳，“他是什么人？”

“你的粉丝。”康伟的语气中带着笑意。

“粉丝？”夏小满大惑不解，目光望向停在酒店院内的沃尔沃。

夏小满开车到了派出所，康伟在办公室等他。康伟告诉她，那个人名叫马东升，是个单身汉，家里收藏了夏小满的所有作品。康伟拿出手机，给她看照片：“就是这个人，你有印象吗？”

照片上是一个相貌猥琐、眼神阴郁的中年男子。夏小满仔细看了看，摇头道：“没印象，我从没见过这个人，只隔着窗帘看到过他的影子。”

“这就奇怪了，我们在他的家里发现了你的签名书。”康伟微微皱眉，拿出一本书，是夏小满的《凶手夜未眠》。翻到扉页，他指着上面的签名问：“是你的笔迹吗？”

“是我的笔迹。”夏小满点头道，“可能是在签名售书活动上签的，那天上午签了好几百本，我根本没时间抬头看人，拿来就签。”

“原来是这样。”康伟恍然大悟，“马东升全都交代了，最近这半年，他到你家去过四五次，1 月 5 日那天也是他。”

果然是他，夏小满听得心惊肉跳：“他想干什么？”

“他说，他是你的忠实粉丝。一到下雨的夜晚，内心就会有强烈的冲动想见你。他每次先开车上山，把车停在几百米外，步行到门口，翻过围墙，躲在窗外偷窥。然后……”康伟顿了顿说，“然后，他还会自慰，完了就走。”

“真恶心！”夏小满感觉像活吞了一只蟑螂，起了一身的鸡皮疙瘩，“我不认识他，从没打过交道，他是怎么找到我家的呢？”

康伟又拿出一本《晴川文艺》杂志，翻开，推到她面前。康伟指着标题下面的照片说：“我们在马东升家里发现了这本杂志，他就是从这张照片上发现你的住址的。”照片上的夏小满笑靥如花，身后的背景是一幢建筑物的大门，白底黑字的招牌上“晴川市茶叶研究所”八个大字清晰可见。

夏小满想起来了：去年，她的新书出版时，《晴川文艺》编辑找她做了一期专访。杂志定版那天，编辑才说需要一张她的近期生活照，催得很急。她就急急忙忙跑到门外去自拍了一张，没想到泄露了住址。

“这个人心思缜密，太可怕了。”夏小满感觉后背发凉。

“马东升性格孤僻，没什么朋友，不喜欢社交，不抽烟，不喝酒，最大的爱好就是看小说。我仔细检查过他的书架，全是侦探小说，看样子是个资深推理迷。”

康伟又划开手机上的照片给她看，拍的是马东升的书架。上面除了夏小满的书，还有柯南·道尔、阿加莎·克里斯蒂以及几个日本推理作家的作品。

夏小满竟有些受宠若惊，自己的名字能与这些大师们摆在一起，那是做梦也不敢想的事情。她问："这张照片可以发给我吗？"

"行。"康伟爽快地答应了。

"你们打算怎么处理他？"

"这种人确实可恶，但是没有造成实质性后果，我们只能依法拘留他三天。"康伟脸上露出无奈，"对了，那个房子是你自己家的吗？"

"租的。"夏小满不知道他为何突然问起此事。

"那就好，我建议你还是换个地方住吧。你一个单身女子独居深山，确实要注意安全问题。那个混蛋脑子有点问题，很轴；说不定以后还会来骚扰你。趁他这几天关在拘留所，你抓紧时间搬家，以后他就找不到你了。法律解决不了所有的问题，平时加强防范，比事后打击要好得多。"

"谢谢你，康警官！回去我会考虑。"夏小满点了点头。

回来的路上，夏小满不禁想起斯蒂芬·金的小说《头号书迷》，写的是作家与粉丝相爱相杀的故事。畅销书作家保罗带着刚写完的小说手稿开车回家，不幸遭遇暴风雪翻车，双腿严重受伤，无法行走，陷入绝境。

女护士安妮刚好路过，将保罗救起，带回家中救治。安妮是保罗的超级书迷，读过他的所有作品，当安妮得知最喜爱的女主人公在新书中死去时，忽然怒不可遏，精神狂躁。她无法接受这样的结局。

安妮把保罗囚禁在家中，逼他重新写一部小说，要让女主人公复活。保罗发现安妮原来是个精神病，有严重的暴力倾向，随时会要他的命。为了活命，保罗不得不绞尽脑汁创作小说续集，同时，暗中寻找机会逃生。在被囚禁的几个月时间里，保罗与安妮斗智斗勇，展开了你死我活的暗战。

夏小满特别喜欢这部小说。书里只有两个主人公，场景限定在安妮家里，保罗绝大部分时间都坐在床上无法行动。作者却洋洋洒洒地写了 20 万字，而且情节紧凑，惊心动魄。

读到一本好书，是一件幸运的事情，有时却也让人绝望。夏小满自知天赋不够，永远写不出这样的神作，却万万没想到这样的故事居然会发生在自己身上。好在有惊无险，比起那个倒霉的作家保罗，夏小满是幸运的。

但，故事并未结束。

一想到马东升三天之后就要放出来，夏小满不禁忧心忡忡。

第一次发现门外有人，黄恬恬就劝她搬家，夏小满没当回事。昨晚出事后，黄恬恬又动员她搬走，她心里已经有所松动，但还是下不了决心。她喜欢兰若轩，在这里倾注了太多心血，很是不舍。

刚才，康警官又提出来了，夏小满不得不认真考虑了。俗话说事不过三，如果那个变态下次再来，恐怕就危险了，好运不会每次都站在自己这边。要搬，就必须赶在马东升放出来之前动手。

只有三天时间，仓促之间，往哪里搬呢?

等候红灯时，夏小满给黄恬恬打电话，问她在哪里。黄恬恬正在医院，还有半小时下班，叫她到医院门口来接。

接到黄恬恬，夏小满告诉她，自己刚从派出所出来，晚晚的偷窥者抓到了。夏小满说：“这次可能真的要挪窝了。”

“谢天谢地，你总算想通了。”黄恬恬如释重负的样子，“早就应该搬，如果你上次听了我的建议，昨晚就不会受惊吓了。”

“我没想到那个变态会缠着我不放，丁冲也叫我不要搬走。”

“昨晚的事，他知道吗？”

“还没告诉他。”夏小满摇头道，“他担心我换了新环境，可能会影响写作，其实，我也这么觉得。”

“你觉得是保命要紧还是写作要紧？”

“废话，当然是保命！”夏小满白了她一眼。

“这不得了嘛，留得青山在，还怕没柴烧。你在那里每天担惊受怕，能写出什么好东西？别多想了，赶紧搬，越快越好！”黄恬恬像打机关枪似的，“突突”了一通，心里畅快了不少。

夏小满问：“昨天陆俊说，他的同事在山上有空房子，是在哪个位置？”

“我现在就帮你问。”黄恬恬拿出手机给男朋友打电话。

过了几分钟，陆俊回电话，同事的房子在月亮湾，离兰若轩不到十公里。同事听说他的朋友想借住，二话不说就爽快答应了，不要租金，随时可以拿到钥匙。

比想象的还要顺利。

夏小满大喜，问：“你什么时候有空，我们先去看看房子？”

“现在就去。”黄恬恬推开椅子，站起来。

黄恬恬向主管请了假，坐上夏小满的沃尔沃，先去跆拳道馆接陆俊。陆俊站在门口等，已经拿到了钥匙。三人会合后，陆俊坐在前面指路，夏小满驾车向月亮湾驶去。

车子先上了烟波大道，拐了几个弯，在一个岔路口停下。前面是沙石小路，车子开不进去，三人下了车，沿小路步行了五六分钟。

陆俊指着前面一幢平房说：“到了。”

房子建在一片小树林中，白墙黛瓦，小而精致。夏小满打量四周，绿树掩映，比兰若轩还要幽静。门前是草地，没有院子，唯一的缺点就是车子开不进来，停车会有点不方便。

陆俊拿出钥匙开门，主人刚搬出去不久，里面还算干净，各种家具一应俱全。各个房间都看过了，陆俊问：“怎么样，还满意吧？”

夏小满说："太好了，谢谢你！"

"那还等什么，马上搬。"黄恬恬趁热打铁道。

当天下午，就联系了搬家公司，陆俊和黄恬恬一起帮忙。夏小满的家当不多，大部分是书和衣物，晚上 10 点之前，就全部搬完了，像是完成了一次漂亮的战略撤退，快速而隐秘。

忙碌了一天，夏小满累得骨头都快散架了，各种打包的书籍和物品胡乱地堆在房间。她还要在酒店住一夜，明天再来慢慢整理，顺便采购一些急需的生活用品。

搬出兰若轩，实属被迫无奈，她留恋那里的一草一木，颇有些伤感。一想到总算摆脱了那个变态，她长吁了一口气，心情又轻松起来。

现在，她只想倒在柔软的床上，美美地睡一觉。

耳机里响起歌声："像我这样优秀的人，本该灿烂过一生，怎么二十多年到头来，还在人海里浮沉……"

21. 逼供

“像我这样庸俗的人，从不喜欢装深沉，怎么偶尔听到老歌时，忽然也晃了神。像我这样懦弱的人，凡事都要留几分，怎么曾经也会为了谁，想过奋不顾身……”

卡罗拉在车流中游动。丁冲单曲循环最多的就是《像我这样的人》，这首歌也是夏小满的最爱，她说这叫“臭味相投”。

手机响了一声，是夏小满发来的微信。丁冲收敛心神，靠边停车，关掉了音乐。

“丁先生，我搬家了。”

“啊！”丁冲心里一沉，“不是说好了，不搬吗？”

“昨天下午，才临时决定搬的。赶得太匆忙，没来得及告诉你。”

“你搬到哪儿去了？”

“月亮湾。”

丁冲仿佛坐上了一部失控的电梯，继续坠落。

“你不必担心，是朋友介绍的房子，环境还不错，离兰若轩也不远。

新家暂时有点不方便，不过我很快就会适应的。”

“你真的不该搬。”丁冲喃喃道。

“其实我也不想搬，上次半夜光顾的那个人又来了，警察也劝我赶快搬，继续住在那里很不安全。”

夏小满把如何抓到马东升，以及黄恬恬、陆俊帮忙搬家的经过都说了。最后她说：“真想不到，那个马东升竟是我最忠实的粉丝，收藏了我所有的书。遇到这种变态，我该开心呢，还是自认倒霉？”

夏小满把康伟发给她的照片转发给了丁冲。

照片上是塞得满满当当的书架，丁冲看到一个书名，问：“这上面有一本《密室收藏家》，是写什么内容的？”

“你也喜欢这种书啊？”夏小满说，“是一个日本作家写的一本推理小说，主角是一个永远不老的神秘侦探，无论哪里发生密室杀人案，他就会出现并迅速破解谜团。我读过这本书，构思很巧妙，蛮有意思的。”

《密室收藏家》，丁冲细细咂摸书名，仿佛黑暗中的坚壁裂开了一道细缝，露出一线微光。

丁冲约高更在咖啡馆见面，两人进了二楼的小包厢。

高考进入倒计时，高更越来越忙了，焦头烂额的样子。丁冲告诉他近期的调查进展，然后给他看了照片。

“把所有线索连起来，我觉得这个马东升很可能就是杀人凶手。”

“马东升家里有一本《密室收藏家》，夏小满遇害刚好是密室杀人案，从作案动机和手法来看，此人的确非常可疑。”高更眯了眯眼睛，“可是，刚才你说了，警察已经调查过他了，咱们没有理由怀疑警察的办案能力吧？”

丁冲说：“现在的警察办案太斯文了，陪他喝着茶聊着天，能问出什么来？要是那些警察真的管用，为什么到现在还破不了案？”

“也是。”高更忍不住点头。

“时间紧迫，不能再等了，非常时期必须采取非常手段。”

“你想干什么？”高更听出他话中有话，不禁吓了一跳。

“我想亲自审一审这个马东升。”

“你来审？”高更瞪大眼睛看着他，“警察会帮你吗？”

“不能让警察知道，只能悄悄地干。”

“怎么找人，你知道他住在哪里吗？”

丁冲摇了摇头：“我问过小满，她只知道马东升是专业钻洞的，住在澄湖公园附近。”

“这怎么弄？”

“干这种职业的最喜欢贴小广告，只要到澄湖公园附近的小区转转，应该能找到他的电话。”

“对啊，我怎么没想到。”高更恍然大悟，向他投去佩服的目光。

“这事，我一个人干不了，我需要一个帮手，敢不敢跟我一起干？”

“怕什么？干啊！”高更霍地起身，撸起了袖子。

“好兄弟！”

丁冲和盘托出自己的计划，高更连声说“妙”。

第二天，丁冲先去采办一应物品。天黑之后，二人会合，到了澄湖公园附近，进了一个老旧小区。这个小区没有物业管理，什么人都可以自由进出，贴广告也没人管。楼道、门上贴满了各种小广告，急开锁、专业打洞、疏通下水道，应有尽有。丁冲专门找“专业打洞”小广告上的电话，一个一个打过去。

“你好，请问是马师傅吗？”

“你打错了。”

“你好，请问是马师傅吗？”

“有毛病！”

“……”

“你好，请问是马师傅吗？”

“你找哪个马师傅？”

“马东升。”

“是我，有什么事吗？”

有了！打到第九个电话，终于找到了马东升，丁冲压抑住兴奋：“马师傅，我家里装修，需要钻几个洞。上次，我亲戚家装修是叫你钻的，我在亲戚那问到了你的电话。”

台词是事先想好的，丁冲确信没有漏洞。

马东升果然没有起疑，听到有业务找上门，说话的口气也热情起来：“老板，你真有眼光，打洞找我绝对没错，包你满意。你家里要打几个洞？”

“三间房的空调洞，加上厨房、卫生间的排气孔，总共5个。”

“一个50元，五个就是250元，不好听，你给248元吧。”马东升熟练地报价。出门之前，他必须先和东家谈好价钱，这是他们这行的规矩。去了之后，万一谈不拢，浪费时间和精力。

“太贵了，优惠一点吧。”

“老板，我报的是最低价，无论你找谁，低于这个价都不会做的。”

一番讨价还价之后，马东升答应降到230元。他问什么时间施工，丁冲说工期很紧，叫他现在就过来。晚上施工的情况很少，马东升也乐于马上去做。他担心东家睡了一晚，又找别人，跑了一单生意。问清地址后，他带上工具出发了。

丁冲停好车，二人坐在车上，等待鱼儿上钩。这个地方没什么人，适合下手。

半小时后，马东升骑着电动车到了约定地点，四处张望，没见着人。他拿出手机，正准备打电话，眼前忽然一黑，一个黑色帆布袋套在了头上，手机被夺走。

马东升大叫："什么人？你们想干什么？"

丁冲拿出圆珠笔抵住他的后腰，压低声音道："老实点，不准回头，再叫老子宰了你！"

这句话马上起效，马东升以为是尖刀，颤声道："别……老哥……有……有话好说，我听你的就是。"

"跟我们上车，问你几句话。"

车子就停在旁边。马东升早吓破了胆，哪敢反抗，乖乖上了汽车后座。丁冲将他的双手反绑。高更开车，趁着夜色向鹦鹉山驶去。

车子开到半山腰，在一个隐蔽的地方停下。

二人拿出口罩戴上，把脸遮得严严实实，只露出两只眼睛在外面。丁冲押着马东升下车，深一脚浅一脚地往前走。高更从后备厢里拿了把铁锹，扛在肩上，跟在后面走。

走了 10 多分钟，丁冲叫马东升蹲下，取下他的头套。

马东升睁开眼睛，努力适应光线。天上乌云遮月，凉飕飕的风穿过小树林，四周传来虫鸣声。

马东升靠在一块麻石上，四处张望，发现周围全是高高低低的土堆，是坟头！上面长满了野草，在夜色中随风摇摆。再看身边的石头，上面好像刻着字，定睛一看，竟是一块墓碑。他吓得浑身一哆嗦，赶紧躲开，像摸到了一条蛇。

丁冲问："知道这是什么地方吗？"

马东升茫然地摇摇头，目光蓦地撞上高更手里的铁锹，眼神里布满惊恐。

"想死，还是想活？"

"我不想死。"

"问你几句话，只要你老实回答，马上放你走。要是有半句谎话，这里就是你的葬身之地。”

“老哥，你们是不是认错人了？”

高更扬起手里的铁锹，恶狠狠地盯着他。

马东升吓得一缩脖子：“你们问吧，只要我知道的，绝不敢有半句隐瞒。”

“你认识一个叫夏小满的女作家吗？”

“不认识。”

丁冲给了他一记耳光，立刻老实了。

“我读过她的书，但是她不认识我。”

“见过几次？”

“就是在窗外偷看过几次。”

“看到什么了？”

“我一般是下雨天才去，每次都看见她对着电脑写作。”

“还有呢？”

“还有……”马东升嗫嚅道，“有一次，我刚好看见她在洗澡，我发誓，只看到过这一次。”

“禽兽！”丁冲怒不可遏，飞起一脚，把他踹倒在地。

马东升双手被反绑在背后，重心不稳，躺在地上半天才爬起来。

“说说你杀人的经过？”

“我没有杀人，夏小满不是我杀的，警察找我问过了。”他好像想起了什么，“你们是警察？”

“别管我们是谁，说你杀人的经过。”

“我真的没杀人。”

丁冲又扇了他一个耳光，再踢了两脚；这次用上了全力，把满腔的怒火都发泄出来。马东升躺在地上，发出杀猪般的号叫，眼泪鼻涕一起下来了。

高更见丁冲情绪失控，怕出事，急忙拉住他，“老大，这畜生不老实，干脆宰了算了，埋在这里反正没人知道。”

高更说完，拿起铁锹就在旁边挖坑，一锹一锹的泥土挖出来，有意无意地飞溅到马东升身上。

马东升这才恍然大悟，他们带了一把铁锹，原来不是当凶器用的，是要挖坑埋人。想到这里，他更加恐惧，吓得全身瑟瑟发抖。

丁冲说：“你的时间不多了。等坑挖好了，如果你还不说，就把你活埋了。”

马东升挣扎着爬起来，扑通跪倒：“爷爷饶命，求求你们，不要杀我！”

一阵风吹过，丁冲闻到一股刺鼻的尿骚味，不禁皱了皱眉。气味是从马东升身上散发出来的，液体顺着裤裆流出来。他真的吓尿了。

马东升用下巴指了指自己的裤裆，哭丧着脸说：“你看我这个熊样，借我几个胆子也不敢杀人啊。”

高更挥舞铁锹，继续埋头挖坑，膝盖以下都没入坑里。

马东升眼看着坑越挖越大，越挖越深。挖到齐腰深，丁冲把他推进坑里，接过铁锹开始回填泥土。潮湿的泥土像下雨一样劈头盖脸落下，马东升全身战栗不止，吓得大哭求饶。丁冲并不理他，只顾埋头铲土。

马东升突然大叫：“等一下！”

丁冲果然停下，看着他。

“我说，是我杀的！”

吓唬到这种程度，差不多也逼到极限了，丁冲本来打算再铲两锹土就放弃，猛地听到这句话，不由得精神大振。高更也靠过来，两双眼睛齐刷刷地盯着他。

“早说嘛。”丁冲在他面前蹲下，“只要你说实话，马上放你走，你是怎么杀人的？”

“用刀杀的。”

“刀？”丁冲愣了下，“说详细点。”

“那天晚上，我又跑到夏小满家窗外，想偷看她洗澡，没想到被她发现了。我就冲进去，捅了她一刀，是从胸前刺进去的，血溅了我一脸。我看见她死了，就赶紧跑了。”

“你再想想，有没有记错？”

“我记得很清楚，绝对不会错。”马东升目光坚定。丁冲深信，如果他的双手没有被反绑，此时一定会拍胸。

丁冲和高更面面相觑。

“你们刚才说了的，只要我说清楚杀人经过，就放我走。”

丁冲思忖半晌，道：“行，我们说话算数，马上放你走。马东升，这个坑先给你留着，我随时能找到你。今天的事，你要是敢乱说，明天还把你埋在这里。听清楚了没有？”

“听清楚了，打死我都不敢说。”马东升点头如捣蒜，又流下了激动的泪水。

高更给他松了绑，脱下他的裤子，皮带抽走，把裤子套在他头上，叫他从 1 数到 500 才能自由行动，他的手机放在两米远的地上。马东升哪敢违抗，乖乖地照做。

二人摘下口罩，收拾东西，沿着原来的小路回到车上。换了丁冲开车，高更坐在副驾驶位置。

高更说：“看样子，马东升不是凶手，他根本没到过凶案现场。他真的以为，我们会把他活埋，为了保命才急中生智，胡编乱造一通。”

夏小满是被勒死的，身上根本没有刀伤。他虽然承认杀人，现场细节却无论如何编不出来。

丁冲同样经历了从惊喜到失望的过程：“今天教训他一顿，出了口恶气，也算是替天行道。这种人渣才关了几天，法律真的是太仁慈了。”

“咱们可能玩得有点过火了，他手机上有你的号码，会不会报警？”高更平时爱说大话，胆子其实不大，隐隐有点担心。

“放心！”丁冲笑道，“他干了那些见不得人的坏事，看见警察躲都来不及，猜他也不敢报警。”

卡罗拉在盘山公路上蜿蜒前行，渐渐被夜色吞没。

夜幕深沉，又一天即将过去，时间越来越紧迫。丁冲手扶方向盘目视前方，忧心忡忡，马东升排除了，那谁是凶手呢？

22. 神秘快递

夏小满搬到月亮湾后，接连几天都在忙着安置新家，打扫卫生，添置物品，黄恬恬也来帮过几次忙。把新家安顿好之后，之前中断的调查工作还要继续。上次在罗平家看到罗志文的遗像，宋凯认为其中有猫腻，她决定再去罗平家探探虚实。

早晨天气晴朗，夏小满喂好了小翠，开车下山，先到超市买了个电饭煲，然后往罗平家驶去。

到了门口，夏小满敲了几下门，开门的是罗平，目光茫然地打量她。

“老爷子，还记得我吗？”夏小满笑容灿烂，露出两行洁白的牙齿，“我是义工协会的小夏，前几天来你家打扫过卫生。”

罗平的记忆缓缓复苏，满脸的皱纹绽开：“是小夏啊，你好，快进来坐吧。”

夏小满把电饭煲搬进屋，说明来意。罗平颇感意外，上次，她说要买电饭煲来，以为只是随口说说，没想到这么快就送来了。罗平连声道谢，说：“你帮我干活，还让你破费，我这个老头子又没什么东西给你，这怎么好意思啊？！”

夏小满说:“上次,看到你家的电饭煲太旧了,电饭煲用久了不安全,怕漏电。这是新式电饭煲，功能更多，煮饭好吃，还省电。”

夏小满在沙发上坐下，茶几上的果盘里装满了苹果，还是她们上次买来的红富士。罗平又说了几句感谢的话，不像客套，看得出来是发自肺腑的感激。人老了，对物质的需求越来越少，对情感的渴望却会与日俱增。被人惦记的幸福感，应该远大于对物质的获得感吧，夏小满暗想。

“老爷子，你有几个小孩啊？”

“就这一个。”罗平指了指墙上儿子的遗像，絮絮叨叨地说起来，他似乎寂寞太久了，很想找人说话。二人拉起了家常。

罗平今年70岁了，退休前是纺织厂职工，老伴多年前得病去世了。他们结婚时，正逢“计划生育”政策最严的时代，一对夫妇只允许生一个小孩。他说，儿子是牙医，很孝顺，10年前死于一场意外。罗平没有兄弟姐妹，如今只剩了他一个，孤苦伶仃，无依无靠。

真可怜，夏小满心想，不过，现在不是献爱心的时候。

她问：“发生了什么事啊？”

“唉！”罗平重重地叹息一声，“这孩子重感情，读中学时和一个女同学谈过恋爱。后来，那个女同学嫁了人，他们本来都分开很多年了，不知怎么又凑到一起去了。这事被她老公知道了，就把我儿子杀了，我家志文是有不对的地方，但罪不至死啊。”

“凶手抓到了吗？”夏小满明知故问。

“第二天，就抓到了。”

“那要判死刑吧？”

“没有。”罗平摇头道，“刚开始是判了无期，后来又改了，只判了十年。”

“杀人偿命，怎么才判10年？”夏小满愤愤地说，“你上诉了吗？”

“上诉过，没用。他们说没找到尸体，不能判死刑。”罗平似乎意识到说多了，摆了摆手道，“算了，不说这个了吧。”

夏小满却不想结束话题：“活要见人，死要见尸。也许，你儿子还活着呢？”

“不可能。”

“为什么？”

“办案警察都说他死了。”

夏小满觉得这个理由有点牵强。看到饭桌上的空酒瓶，她说：“老爷子，你以后少喝点酒，喝多了对身体不好。”

“我都这把年纪了，反正活一天算一天，活那长干嘛？”

二人正说着，屋里突然响起嘹亮的歌声，把夏小满吓了一跳。声音是从南面卧室里传出来的，是一首很老的老歌《浏阳河》，她以前在父亲的车上听过。罗平走进卧室，拿了一部黑色诺基亚按键手机出来，尽量把手伸长，看清了屏幕，接通电话。

他边说边点头：“嗯，好，我马上下来。”

老年人听力不好，手机通话音量很大，跟开了免提差不多。客厅不大，通话内容她都听到了，是快递员打来的。罗平接完电话后，望着夏小满说：“不好意思，我下去拿个快递。”

夏小满抢先起身：“我去帮你拿吧。”

“不用，不用。”罗平连忙摆手，“我自己去就行了，你先坐一会儿，我很快就上来。”

罗平打开门出去了。夏小满走到门后，听到他的脚步声渐渐远去。她立即走进卧室，扫视室内，看不出有什么异常。她拿出手机，调成静音，拍了几张照片。

罗平抱着一个纸箱子进来时，夏小满已坐回到沙发上，在低头看手机。他把箱子随手放在地上，然后坐在椅子上喘气，胸口上下起伏，毕竟年岁大了。是一个常见的快递纸箱，外表光溜溜的，没有文字和标识，和夏小满带来的电饭煲箱子差不多大，上面贴着一张淡蓝色快递单。

“什么东西啊？”夏小满好奇地问。

“哦，是一床薄被子。”

“老爷子，没想到你也喜欢网购。”

“嗯，有时候会买。”

“下次，想买什么跟我说，我帮你下单，这种事情我们年轻人更熟练。”

“谢谢你！闺女，总不能什么事情都麻烦你们。”罗平叹息着，落寞的眼神中饱含着感激。

夏小满忽然觉得自己有点下作，这个一脸慈祥的孤独老人肯定想不到，坐在他面前的表面充满爱心的女人，竟然心怀鬼胎。她赶紧收敛心神，提醒自己不要胡思乱想，有时为了达成一个正义的目的，得使用一些非常手段，也是可以原谅的。

夏小满想起电饭煲箱子还没拆开，叫他拿来一把剪刀。她把纸箱子打开，取出电饭煲，搬进厨房，插上电源，一步一步教他如何使用。说了两遍，他就学会了。

回到客厅，罗平硬要请她吃苹果，从果盘里拿起一个又大又红的苹果，进了厨房。夏小满看到茶几上的诺基亚手机，心里的一根弦忽然被拨动了，目光不由自主地去搜寻他刚搬进来的那个箱子。

厨房里传来哗哗的流水声，罗平正在洗苹果。

夏小满迅速走到纸箱前蹲下，用手机对准上面的快递单按下快门键；然后，双手端起箱子掂了掂，挺沉，起码有十几斤。她又左右摇了两下，里面似乎有液体在晃动。

不是被子，他在撒谎！

夏小满直起腰。猛地回头，罗平突然出现在身后，手里多了一把明晃晃的菜刀！

耳后仿佛有风吹过，她的脑子里“轰”地一下，全身的汗毛都竖起来了。她下意识地把手机藏在身后，不由自主地后退了一步。

她很佩服自己，这时居然还能挤出笑容：“老爷子，你……这是……”

罗平扬起手里的菜刀：“没找到水果刀，只能用这个削皮了，中午切过辣椒，我刚用洗洁精洗过，不会有辣椒味。”

罗平笑呵呵地望着夏小满，并未发现她脸色异常。

“老爷子，让我来吧。”夏小满把菜刀抢到手里，坐在沙发上，专注地削起了苹果。菜刀削苹果，并不好使，她差点削到手指头。吃完这个苹果，心跳渐渐平稳，她对“味同嚼蜡”又有了更深刻的体会。

回到家，夏小满把自己扔在躺椅上，那个神秘的纸箱始终在脑海里萦绕着。

一个独居的七旬老人，家里没电脑，也没看到他用智能手机，拿什么网购？

罗平家里有很多喝完的白酒瓶，说明他喜欢喝酒。箱子里装的是液体，再结合箱子的大小、重量来分析，应该是一箱白酒。白酒又不是什么见不得人的东西，罗平并不隐瞒自己喝酒的爱好——他为什么要说谎？

既然不是网购来的，那就是别人寄给他的。

也许，他想隐瞒的不是箱子里的东西，而是给他寄东西的人。那么，什么人会给一个孤独的老人寄一箱酒呢？这个人知道罗平喜欢喝酒，必定是熟悉的亲近之人，而且这个人的身份必须保密。

一个大胆的猜想蹦了出来，难道是他？夏小满打开手机相册，目光盯着罗志文的遗像，思绪开始狂飙。

指尖滑动，那张快递单出现在手机屏幕上。把照片放大，上面的字迹不大清晰，隐约可以辨认。上面没写寄件人的姓名和电话，只有寄件人的地址：东风市南湖区芳草路 892 号。

23. 伤痛记忆

昨晚，突审马东升，折腾了半夜，丁冲睡到上午 10 点才起床。

今天不用上班，丁冲想来想去，觉得还是应该想办法找到黄恬恬。直接问夏小满，她可能会起疑心，不妥。如果能找到黄恬恬的男朋友陆俊，自然也就可以找到黄恬恬了。

到哪去找陆俊呢？夏小满说过，陆俊是少儿跆拳道教练，这是仅有的线索。

丁冲打开电脑，抱着试试看的心态，输入关键词“陆俊 + 跆拳道馆”搜索，果然搜到一则陆俊跆拳道馆的招生广告。原来是叫“陆俊跆拳道馆”，错不了，就是他了。丁冲按捺住内心的兴奋，仔细浏览广告内容，上面留了详细地址和招生电话，是一个手机号码。

午饭过后，丁冲按照广告上的地址，找到一个大型综合商业中心。四楼整层都是做少儿才艺培训的机构，他在里面来回转了两圈，并未发现跆拳道馆。

丁冲折回一楼大门口，去门卫室问保安：“这里面有开跆拳道馆的吗？”

保安说："以前是有一家，不过去年就关门了。"

"那您知道他们搬到哪儿去了吗？"

"不知道。"保安摆出一副爱莫能助的表情。

现在唯一的希望就是那个招生电话了，但愿还能打得通，丁冲心里边祈祷边按动拨号键盘。电话接通了，接电话的人正是陆俊。丁冲解释了很久，对方才勉强同意见面。

商业中心三楼有一家咖啡馆，丁冲坐在里面边喝咖啡边等候。一个多小时后，陆俊进来了，身材高大，体格健硕。丁冲先拿出记者证自我介绍，然后说："我刚去过你的跆拳道馆，没想到你们搬走了。"

"倒闭了。"陆俊道，"我那个少儿跆拳道培训，前几年，还算顺利，不过都是小打小闹，赚不着大钱。2019 年底，我打算扩大规模，拉了两个最好的朋友投资入股，重新租了场地，招了几个年轻老师。等到场馆装修好了，新老师也培训到位，正准备大干一场，没想到突然爆发"大流行"，全民居家防疫，场馆封闭，不能招生营业。硬撑了几个月，最后撑不住了，资金链断裂，只好关门大吉，朋友也变成了仇人。"

"哎，那场疫情太惨烈了。"丁冲想起那段全民戴口罩的特殊日子，记忆犹新。那次席卷全球的疫情，在每个人心里，恐怕都是永不磨灭的记忆。

"初次见面，我怎么会和你聊这个？这段时间，我都在家里面壁思过，可能是寂寞太久了。"陆俊苦笑，"你不是想来听我诉苦的吧？"

丁冲感觉此人心机不重，也不拐弯抹角："实不相瞒，我今天来，其实是想向你了解夏小满的案子。"

听到夏小满的名字，陆俊的脸色微微一变："你也怀疑她的死与恬恬有关？"

"你别误会。"丁冲急忙解释，"夏小满生前和黄恬恬是好友，她应该了解一些夏小满的事。我联系不到黄恬恬，只好先找你。"

陆俊说："自从那个案子发生之后，警察就反复找恬恬问话，我也被叫去问过几次话。警察虽然没有明说，但是瞎子也看得出来，他们怀疑恬恬与这起案子有关。那段时间，我们的心情都很糟糕，为了这事经常吵架。不久后，我们就分手了。”

分手了？！丁冲心中暗暗叫苦：“那你方便把黄恬恬的电话告诉我吗？我想见她。”

“你见不到她了。”

“为什么？”

“她死了。”

“死了！”

陆俊拿起手机，指尖在屏幕上划拉几下，找出一张照片给丁冲看。是一张自拍照，身穿护士服的黄恬恬举着“V”字手势，醒目的光头。

丁冲马上猜到是怎么回事了。

“这是恬恬去湖北之前，在机场发给我的最后一张照片。”陆俊的眼眶微微泛红，“‘大流行’爆发后，全国各地都派出医疗队支援H省，恬恬所在的医院也接到了动员令。恬恬本来可以不去的，她是主动报名参加的，没想到不幸染病，一去不回。”

“她是英雄！”丁冲喃喃地说。

“我当时正为跆拳道馆的事焦头烂额，竟然没有回复她，就算分手了也是朋友啊。我真不是东西！”说到动情处，陆俊竟抽了自己一个耳光。

等他的情绪稍微平复之后，丁冲问：“在你们分手之前，她跟你说过一些夏小满的事吗？”

“她们是最好的朋友，女人间那些鸡毛蒜皮的事，她有时会说一点，我也不会太留意。不过，我似乎感觉到，她对夏小满既崇拜又嫉妒，可能她自己内心都不敢承认。她们是一起长大的，起点差不多，后来差距越来越大，有这样的情绪也正常吧。”

竟然被高更说中，这小子果然有点道行。丁冲微微点头:“案发之前，她有没有跟你说过，夏小满在跟什么人交往？”

陆俊摇头叹息：“没什么好说的了，该说的我都跟警察说过了，你去问警察吧。”

话说到这个份儿上，再问下去也没意思了，丁冲站起来和他握手告别：“谢谢你，耽误你这么长时间。”

走出咖啡馆，外面起了风，满地的樟树落叶随风翻滚。

一个舍生忘死的白衣天使，会是杀人凶手吗？丁冲无论如何也不信，觉得自己这个念头有点龌龊。

早晨上班，丁冲去报社食堂吃早餐时，发现饭卡不见了。

饭卡平时都是放在左边胸前的口袋里的，从未遗忘过，前天早上还用了。这两天，也没换外套，会跑到哪儿去呢？他心里嘀咕着，仔细回想这两天的行程，一个不详的念头猛地蹦出来：糟了，难道是掉在墓地了？

饭卡上有他的姓名和单位，倘若被马东升捡到就麻烦了。

顿时食欲全无，他顾不上吃早餐，急忙赶回家，连枕头底下都翻过了，没找到饭卡。他立即下楼，驾车向鹦鹉山驶去。

到了墓地，找到昨晚审讯马东升的位置，他在草丛里仔细搜寻了几遍，没有发现饭卡。

应该不会有那么巧吧？他努力安慰自己。

丁冲在忐忑中度过了一个上午，中午出去采访了两个突发现场，下午3点多才回到报社。屁股还没坐热，他就被叫到主任吴芳的办公室。

“丁冲，你闯祸了！”吴芳面无表情道。

“主任，什么事啊？”丁冲故作轻松地问。他预感到情况有些不妙，吴芳习惯叫他的外号“快男”，连名带姓叫还是第一次。

“你的饭卡掉了，不知道吗？”吴芳从抽屉里拿出一张饭卡。

“哦，我说怎么不见了。”丁冲笑道，“原来落在办公室了啊，害我一通好找。”

“有人在山上的墓地，捡到了你的饭卡。”

丁冲脸上的笑容瞬间凝固。

“一小时前，一个叫马东升的人拿着这张饭卡找到报社，进门就碰到伍光辉，他把事情经过都告诉了伍光辉。”

真的是冤家路窄，丁冲心里暗暗叫苦。这事落在别人手里，兴许还有回旋的余地，被伍光辉知道了，肯定是瞒不住了。上次，伍光辉被他抽了一个耳光，当众出丑，现在抓到他的把柄，正是报仇的大好时机，恨不得把事情再搞大些，哪会善罢甘休？

“主任，我……”

“不用解释了。”吴芳挥手打断，“我不知道你为什么会干出这种蠢事，已经突破了一个新闻工作者的底线，你知道后果会很严重。我告诉马东升，说你上周就被辞退了，与报社没有任何瓜葛，叫他以后不要来报社了。我只能帮到这里了，你赶紧收拾东西走吧，明天不要来上班了。”

晚上，丁冲在酒吧喝得酩酊大醉，踉踉跄跄地向洗手间走去，忽然看见三名男子围着一个女子大声起哄，要逼她喝酒。那女子满脸通红，显然是喝高了，低声下气地求饶：“大哥，我真的不能再喝了，饶了我吧。”

“哼，不给面子是不是？”一名光头男子目露凶光，扬起手里的酒杯，把一杯酒全浇到了她脸上。那女子双手捂住脸，“哇”地大哭起来。

丁冲只觉得气血往上涌，想也没多想就冲了上去，大喝一声：“放开她！”

三名男子吓了一跳，目光齐刷刷地望着这名不速之客。光头男看见只有丁冲一人，心里有数了，扭头问那女子：“他是你什么人？”

女子望了望丁冲，怯生生地说：“我不认识他。”

光头男上前两步，用挑衅的目光上下打量着丁冲，冷笑一声：“怎么，喝了二两马尿就想英雄救美，你以为你是蜘蛛侠啊？”另外两个放肆地大笑起来。

丁冲喘着粗气说：“三个男人欺负一个女人，算什么本事？”

“少管闲事，快滚！”

话音刚落，光头男脸上就挨了一记直拳，两行鲜血从鼻孔里顺流而下。丁冲挥起拳头，正想打出第二拳时，后腰突然被人猛踹了一下。他一个趔趄，扑倒在地。三名男子一起冲上来，一通拳打脚踢。

丁冲双手抱头，蜷缩成一团，任凭雨点般的拳头落在身上……

高更赶到派出所时，看见鼻青脸肿的丁冲斜靠在椅子上，衣服也被撕烂了，身上散发出刺鼻的酒气。高更眼都红了，急忙冲了上去：“怎么回事，你跟谁打架了？”

“我想不起来了。”丁冲醉眼惺忪地望着老友，有气无力道，“老高，你怎么来了？”

“是你让警察打电话通知我来的。”晚自习时，高更正在给班上的学生讲试卷，接到电话，扔掉试卷就往派出所赶了。

丁冲五个手指头插进头发里，茫然地看看左右：“哦，我忘了。”

“告诉我，是谁打你的？老子要扒了他的皮！”

一旁的警察立刻制止：“嘿，嘿，怎么说话呢？这里是派出所，不许乱来，谁犯法抓谁。”

高更忙赔着笑脸说：“对不起，警察同志，我说着玩儿的。”

酒吧发现有人打架，保安过来制止，并报了警。等警察赶到时，那三男一女早就逃得无影无踪了。监控虽然拍到了那几个人的样子，一时间却查不出真实身份。办完了手续，警察让高更把他带回家去醒酒。

走到派出所门口，冷风迎面袭来，丁冲感到胃里一阵翻江倒海，蹲在地上狂吐起来。吐完之后，脑子清醒了许多。高更要带他去医院，丁冲死活不肯，说已经好多了，睡一晚就没事。高更无奈，只好拦了一辆的士，送他回家。

进了门，高更找到电热水壶烧水，嘴里嘟囔道："一个人跑去喝酒也不叫我，太不厚道了吧？打架时，好歹也多个帮手。"

丁冲说："对不起，今天心情不好，忘了叫你。"

"跟你开玩笑的，你明天还要上班，洗完澡早点休息。"

"我不用上班了。"

"为啥？"

"我被开除了。"

"啊！凭什么？"高更一脸意外。

"前天晚上，我们审马东升时，我的饭卡不小心掉在那里，被马东升捡到了，他今天下午找到了报社。"

"那孙子有没有报警？"

"应该不会报警。"丁冲摇头道，"否则，警察今天就找我了。"

"哼，早知如此，把他埋在那里就省事了。"高更放心了，又吹嘘起来。他直视丁冲，像在面对一个不争气的问题学生，"看在咱俩同床共枕三年的份儿上，我就实话实说吧，不迎合你了。助人为乐是应该提倡，但前提是先要学会保护自己，你现在都成了过河的泥菩萨，自身难保，还想着帮别人。你和夏小满相遇，本来就是意外中的意外。"

"我不能眼睁睁地看着她死。"

"就算你本事再大，也没法跟命运抗争，这就是夏小满的命。天命不可违，你已经尽力了。"

"我绝不放弃。"丁冲斩钉截铁道，"老高，我想拜托你一件事。"

“这么客气干嘛。”高更歪着头看他，像不认识他似的。

“万一我有什么不测，你一定要替我给小满打电话，告诉她真相。只要我这部手机还在，就能联系上她，等下我会把我的开机密码和小满的手机号发给你。”

“好好的，说什么屁话，你今天真的是醉得不轻。”

“没跟你开玩笑，我是认真的。”丁冲目光坚定，完全没了醉意。

“问世间情为何物，直教人生死相许。”高更叹息。

高更见他已无大碍，叮嘱几句便走了。

丁冲洗完了澡，觉得口干舌燥，头痛欲裂。灌下两杯浓茶，睡意全无，他拿起了手机，指尖划过屏幕，照片上的夏小满笑容灿烂。

在认识夏小满之前，丁冲从未想过，竟会遇到一个和自己如此相似的异性。他们有共同的爱好，永远有聊不完的话题，观点总是出奇的一致。他喜欢和她说话，说一辈子也不觉得烦，梦里见到也是不停地说话。他终于明白，《爱在黎明破晓前》里的杰西和塞琳娜为什么见面就变成了话痨。

懂你，是最致命的吸引。

他和她之间，隔着一个宇宙，却隔不断心灵相通。

这是爱吗？丁冲总想回避这个问题，不愿承认，也无力反驳，今天却被高更捅破了那层窗户纸。

自从失去廖星辰，他的世界就变成了黑白色。直到夏小满出现，她像春风一样，把他冰冻的心灵唤醒。蓝天、阳光、绿草、鲜花，他又见到五彩斑斓。他多么想把这一切告诉廖星辰，她应该也会欣慰吧。

丁冲又拿出那对小公仔，放在手心，长久地凝视，一滴泪“吧嗒”掉下，眼前渐渐模糊。

幸福，无非是良好的健康，加上不好的记性。

丁冲的不幸在于记性太好，四年前的每一个细节都那么清晰。

廖星辰所在的公司接了一个大项目，每天要加班到深夜。那段时间，丁冲也忙得焦头烂额，忙完了工作，深夜再去接她下班。廖星辰心疼他，叫他不要接，自己会打车回家。他勉强同意了，平安无事地过了一个星期。

那天晚上，他在家赶稿，却被骚扰电话和短信轮番轰炸。他把手机调成静音，放进了冰箱，耳根清净了。

写完稿子，已是深夜，外面下起了雨。廖星辰还没回家，他打开冰箱，取出手机，看到一串未接电话，标记成耀眼的红色，全是廖星辰打来的，还有信息："丁冲，快回电话。我遇到坏人了，我好害怕！"

丁冲脑子里"轰隆"一声，仿佛被卡车撞到，几乎站立不稳。

他冲进大雨中，满世界找人，发疯似的打电话。无人接听！

他报了警。

两天后，丁冲再次见到廖星辰时，已是阴阳相隔。尸体是在郊外的一条小河里发现的，凶手已落网，是一名出租车司机。

接待他的，是一个姓巫的中年刑警。巫警官掏出一支烟，递到他面前："要不要来一支？"

丁冲迟疑片刻，默默地接过烟。巫警官拿出打火机给他点着，又给自己点了一支，默默地抽了两口，似乎在斟酌话语。

"警官，到底是怎么回事？"从不抽烟的丁冲被呛出了眼泪。

"你要有心理准备，这种人渣枪毙十次都不为过。"巫警官吸了一口烟说，"对不起！我知道这种事情很难接受，但是我必须告诉你真相。"

案发当晚的经过，是巫警官告诉他的。

凶手是刑满释放人员，出狱后没事干，帮朋友开晚班车，才开了不到半个月。那天深夜，廖星辰从公司出来，上了他的车。司机见她长得美，忽然起了歹心，悄悄改变行车路线，向城外驶去。

廖星辰坐在后座，发现情况不对，叫他停车。司机猛踩油门，反而加速向前驶去。她惊慌失措，给丁冲打电话、发信息，却一直无人接听。那时，丁冲正在家里埋头写稿，手机放在冰箱里，毫不知情。

车子在偏僻的河堤上停下，半夜三更，漆黑一团。司机面目狰狞地扑了上去，疯狂地撕扯她的衣服。廖星辰身单力薄，吓得瑟瑟发抖，苦苦哀求，但无济于事。她大声呼救，拼命反抗，不幸掉入湍急的河水中……

丁冲悲痛欲绝，心如刀绞。

他陷入了永无休止的自责之中，再也无法原谅自己。如果那天晚上及时接到了她的电话，也许结果不会这么糟。从那以后，他的手机再也没关过机，只要错过一个电话没接到，就会心惊肉跳。

凶手去了他该去的地方，被判处死刑后执行枪决。丁冲决定离开上海，远赴晴川。他想逃离那块伤心之地，希望时间慢慢冲淡伤痛的记忆。

丁冲无数次幻想，假如时光可以倒流，一切可以重来，宁愿用生命去换回一粒后悔药。万万没想到，时光真的“倒流”了，夏小满横空出现。

不能再让悲剧重演，绝不！丁冲握紧了拳头。

24. 可疑的牙医

列车在中途停站时，夏小满从睡梦中醒来。那天，在罗平家的意外发现，把她激动得一晚上没睡好，上车就开始打盹儿。

那个快递非常可疑，很可能是罗志文寄来的。假如罗志文真的没死，应该藏身在东风市。她没有告诉任何人，决定先去东风市碰碰运气。

早晨 8 点，夏小满搭上了去东风市的高铁，车程大约三个半小时，此时才走了一半路程。后面传来卤鸭脖的阵阵香味，她暗暗地咽了几下口水，早晨出门时赶得匆忙，还没吃早餐。

她又拿出手机，反复看罗志文的照片，努力记住他的容貌特征。罗志文失踪时 27 岁，如果现在还活着，应该是 37 岁了。10 年过去，人到中年的他可能会变胖，头发变少，但是五官是不会有太大变化的，见了面应该能认出来。

11 点半，列车准点到达。夏小满上了一辆出租车，告诉司机去鸽子酒店。

快递单上的地址是“东风市南湖区芳草路 892 号”，她在网上搜索这个地址，一无所获。反正是要住酒店，住得离目标越近越方便。她搜索芳草路上的酒店，居然搜到一家鸽子酒店，地址是芳草路1024号。

酒店是新装修的，四星级，条件不错，夏小满甚是满意。她在旁边找了家小饭馆吃饭，中午在房间睡了一觉，养足了精神，然后出门办事。

芳草路一带属于东风市的老城区，建筑有点杂乱，门牌号并不是严格按空间顺序分布的。她在附近转了几圈，大致摸清了门牌号的分布规律，开始由东往西寻找。一个多小时后，终于发现一个破旧的门牌上写着“芳草路892号”，是一整栋大楼共用的地址。

马路两侧的人行道正在翻修，外面用黄色围挡围住，工人在里面施工。为了照顾商家营业，每隔十来米，围挡中间就会空出一个缺口，供行人进出。人行道中间划拉开一条大口子，露出黑色的水管、燃气管、电缆等，挖出来的旧地砖和泥土胡乱地堆在旁边，污水横流。

她想不明白，为什么城市道路每隔两三年就要“开膛破肚”，动一次“大手术”？

夏小满站在远处观看，这栋建筑一楼是店面，楼上七层为居民住宅。住宅有3个单元，共42户，楼下的店面有二三十家，早餐店、小卖部、复印店、理发店、汽车修理店等应有尽有。

给罗平寄快递的人，应该就在这栋楼里的某一间房内，到底是哪一间呢？

最容易观察的，就是一楼店面，店门都是敞开的。她决定从易到难，循序渐进。如果一楼没有发现，就在大楼的出入口守株待兔，楼上居民进出，真的遇到罗志文，说不定能认出来。

拿定了主意，她从围挡缺口走进正在施工的人行道，深一脚浅一脚地一家一家看过去，她既要观察店面里的情况，还要留心脚下，怕一不心掉进坑里去。走过十几家店面，她收住脚步，前面那家的招牌上写着“美尔口腔”，是一家牙科诊所。

罗志文以前就是牙科医生，不会这么巧吧？！

她的心里“扑通”直跳，往诊所里面瞥了一眼，装着若无其事地继续往前走。绕了一圈，再回到美尔口腔门口时，她心里已经拿定主意了。管他是谁，先进去看看再说。

夏小满捋了捋头发，深吸一口气，推开玻璃门走进去。进门是一间接待室，窗明几净，纤尘不染，空气中充斥着消毒水的味道。蓝色吧台里站着一个穿护士服的女孩子，长得娇小玲珑，看见有人进来，她马上热情招呼：“美女，你是要看牙吗？”

“你们这里可以洗牙吗？”

“可以啊，不过要等一会儿。”前台指着手术室说，“何医生正在给客人补牙。”

手术室就在隔壁，中间用玻璃墙隔开，里面的情况一览无遗。一个女人躺在手术椅上，一名穿着白大褂的男医生正在聚精会神地操作着，拿着“嗡嗡”作响的电钻伸进女人的嘴里，在他身后站着一名穿护士服的女助手。

男医生的脸上戴着淡蓝色口罩，只露出眼睛在外面，额头上有抬头纹，头顶上的头发稀薄，估计在四十岁左右。从年龄上看，倒是和罗志文差不多。

夏小满坐在椅子上等候，前台给她端来一杯白开水。墙上张贴着口腔保健宣传海报，旁边挂着医疗机构执业许可证，上面的字很小，隔得太远看不大清楚。她端起水杯走到海报前，装着看海报，顺便看清了许可证上登记的法人代表名叫何建军，应该就是里面的那个何医生了。

等了 20 多分钟，护士叫夏小满进去洗牙。她仰面朝天，躺在手术椅上。何医生叫她张开嘴，俯下身，拿小电筒往里面照。他说的是标准普通话，听不出地方口音。两张脸隔得太近，几乎能清晰地听到彼此的呼吸声。夏小满睁大眼睛，想获取他脸上的信息，无奈那张脸被口罩遮得严严实实，看不到任何表情。

女助手给了她一小杯消毒水，让她在嘴里含 30 秒，然后吐出来。面无表情的何医生拿出一个尖锐的细长器械，再次叫她张开嘴，夏小满看见它在日光灯的照射下发出寒光，心里“咯噔”一下。

这个何医生会是罗志文吗？假如他知道我的真实意图，会不会杀了我？

此时，她仰躺着的姿势极像一只伸长了脖子待宰的小鸡，如果他现在要下手，简直易如反掌。她想起了电影里的情节，只要一把薄如纸片的小手术刀，在她脖子上轻轻一划……

刚含过水的嘴唇居然会发干，嘴里连唾沫都没有了。她的心脏像擂鼓似的“怦怦”直跳，呼吸也急促起来，胸口在上下起伏。

完了，这下肯定要露馅儿！

何医生果然看出来了，停下来问：“你好像很紧张？”

“有一点，我是第一次洗牙，怕疼！”这句话没经过大脑就出来了，她每年都要洗一次牙，知道不疼，没想到还能急中生智。

“不用紧张，洗牙不疼的；可能会有一点酸，稍微忍一忍就过去了。如果你觉得难受，只要举手示意，我就会停下来。”

“嗯。”夏小满含混不清地应着。

何医生似乎见惯了这种表情，很有经验地冲她笑了笑，夏小满闭上眼睛，心情渐渐平复。

半小时后，洗完了牙。何医生说：“洗完牙后，你可能会感觉牙齿缝隙增大，这是正常现象。因为塞在牙缝中间的牙垢清洗掉了。晚上注意别吃过热过冷的食物，明天就正常了。”

夏小满笑道：“现在牙齿是有点漏风的感觉。”

走出手术室，她龇着牙，对着镜子换着角度反复看，并不急着走。

此时，没有别的患者就诊，她从镜子里看到何医生洗完手出来了。那张脸，依然藏在口罩后面。

她问：“何医生，我的牙龈经常出血是什么原因？”

“牙龈出血是常见症状。”何医生耐心地向她解释可能引起牙龈出血的各种原因，夏小满时而点头，时而表示没听清，请他再说一遍。如此重复了几次之后，何医生可能也觉得费劲，干脆摘下口罩说话。

那张神秘的脸庞终于呈现在眼前，一览无遗。夏小满大失所望。

何医生肤色偏黑，除了年龄、身高与罗志文相仿外，五官几乎找不出相似的地方，眼睛、鼻梁、嘴唇、下巴都不一样，分明就是两个人。

夏小满说：“要不给我开点药吧？”

“你的症状很轻，没什么大问题，平时注意口腔卫生就行了，不需要开药。”

“我还是觉得用点药才放心。”

“好吧。”何医生被她缠得没办法，坐到吧台前，撕下一张处方笺，拿起圆珠笔快速写了几行字，“你拿着这个，自己到药店去买药就行。”

夏小满接过处方笺：“谢谢何医生！”

“不客气，以后牙齿有什么问题，随时可以来咨询。”

扫码付款时，她迅速移动手机，拍到了何医生的侧面头像。

回到酒店房间，锁好门，搭上安全链，灯光全部打开。她拿出处方笺，放在桌上铺平，然后，拿出手机，找出在罗平家拍到的快递单，仔细比对笔迹。很像！

心狂跳起来，夏小满激动得想大叫三声。给罗平寄快递的，就是这个牙医何建军。罗平为什么要刻意隐瞒呢？最合理的解释，此人就是他 10 年前失踪的儿子罗志文，所以，见不得光。而且，罗志文原来就是牙医！

兴奋了不到 10 秒，又迅速冷却。

这两个人的五官轮廓相差太大，根本不像同一个人，这怎么解释？

夏小满百思不得其解，给丁冲发微信："丁先生，在干吗呢？"

"正在外面跑现场，最近突发事件多，忙得晕头转向。"穿着睡衣的丁冲半躺在沙发上，一本正经地撒谎，自己失业的事，暂时不想让夏小满知道。

"现在方便说话吗？"

"方便，你说！"

"我今天到了东风市，见到一个牙医。我怀疑他就是罗志文，但是这两个人长得却不像，真的是怪事。"

"别急，慢点说。"丁冲立刻翻身坐直。

夏小满在讲述调查经过时，丁冲的脑子里也在飞速运转。听完之后，他说："如果这个人真的是罗志文，说明他换了身份。长相其实不是问题，凭现在的整容技术，很容易做到。"

"对啊！这么简单的事，我怎么没想到？"一语惊醒梦中人，夏小满恍然大悟。

"不过，这一切都只是推测，并无充分证据。只要是猜测的事情，就有可能出错。"丁冲觉得她头脑有点过热，有必要给她浇点冷水。

"那怎么办？"

"别急，让我再想想。只要不打草惊蛇，不管他是不是罗志文都走不掉了。"

突如其来的消息，让丁冲异常兴奋，他眉头紧锁，赤着脚在房间里来回走动。

假如罗志文没死，躲在东风市重操旧业，事情就越发诡异了。12年前的那起枪击案中，罗志文本来是受害人，侥幸没死，本来是万幸，为什么要装死呢？

这个问题暂时没有答案，也不十分重要。重要的是，如果这个假设成立，就可以推断出另一个问题的答案：杀害夏小满的凶手很可能是罗志文！

夏小满查到这一步，接下来会发生什么呢？

很有可能，她查出了枪击案的真相，找出了关键证据，证实罗志文还活着，就是化名为何建军的牙医。罗志文为了守住秘密，于是，杀人灭口，小满由此招来杀身之祸。

这个大胆推测成立与否的关键，就是要尽快查明何建军的真实身份，此人到底是不是罗志文。

时间紧迫，必须立即查证。东风市，丁冲对那里并不熟悉，但他忽然想起一个人。

25. 王三牛

东风市。

暮色四合，华灯初上，到了下班高峰期，街道上车流密集。

丁冲从美尔口腔诊所出来。他刚在里面洗完牙，见到了何医生。何建军脸上被口罩遮得严严实实，因此没有看清他的面容。

从手术室出来时，办公桌上的电脑正在显示屏保，一个穿红色校服男孩的照片一闪而过。丁冲只瞥到一眼，似乎有点面熟，一时却想不起来在哪儿见过。

丁冲走到马路对面，打了一个电话，和对方约定在附近的一家饭馆见面。

饭馆大堂装饰成中式仿古风格，丁冲在一张八仙桌前坐下，边喝茶边看手机。喝完了大半壶茶，一个粗壮的小伙子大步流星向他走来，此人长得五短三粗，锅盖头，黑皮肤，敦实得像一枚炮弹。

那人快步向前，紧紧握住丁冲的手，满面春风道："冲哥，你好！认识这么久了，今天终于又见到活的了。"

丁冲瞬间被他的笑容感染，笑道：“王警官，你好！”

“大家都叫我王三牛，你也这么叫吧。”

“王三牛？”丁冲不禁哑然失笑。丁冲只知道他的名字叫王犇，把“犇”字拆开，的确是三头牛，倒也十分贴切。

“冲哥，要来咋不提前打个电话，让小弟也好有准备。”

“我也是临时决定过来的。”

系着黑围裙的服务员把菜单递过来，王三牛请丁冲点菜。丁冲说客随主便，你的地盘你做主。王三牛也不再谦让，很快就点好了六七个菜，看样子他常来，对这家的菜品很熟悉。

菜很快就上齐了，都是本地特色菜。丁冲辣得直咧嘴，嘴里仿佛点燃了一个火把，“噼里啪啦”的，火星四溅，连灌了几杯啤酒才把火苗压住。

“我已经交代他们少放辣椒了。”王三牛满脸同情地解释，“东风市的吃货都是重口味，无辣不欢，本地厨子都是这尿性，离开了辣椒就不会做菜。我刚来的那年也吃不消，慢慢就习惯了。”

“没事，我还行。”丁冲边说边吐舌头，以手当扇不停地扇风，“咕咚”又灌下一杯啤酒。

“对了，冲哥，你这次来是出差还是旅游？来了就别急着走，匀点时间出来，我带你四处走走，东风市有几个景点还是值得一看的。我给你当‘三包’，包吃包住包玩，就算给小弟一个将功补过的机会。”

“你不用上班吗？”

“案子反正永远是办不完的，也不差这几天。冲哥难得来一趟，我向队里请假，专门陪你几天。”

“谢谢你，王三牛！”

“咱哥俩说这话就见外了，要说‘谢谢’也该是我说。”

丁冲说：“我这次来，其实是有事想请你帮忙。”

“啥事？尽管吩咐，冲哥的事就是我的事。”王三牛脸色微红，目光真诚，“你有事还能想到我，说明真的把我这个小弟当老铁了，我真的很开心。”

丁冲见他说得诚恳，毫无做作，大为感动。来之前，他还有点担心，不知道此人的人品如何，没想到王三牛如此豪爽，人有相见恨晚之感。丁冲举起了酒杯：“先干了这杯再说。”

今晚这顿饭，其实是他们初次相见。

王三牛是东风市刑警，与丁冲年龄相仿。二人相隔千里，本来这辈子都不会认识。正所谓有缘千里来相会，他们是通过文字结的缘。

两年前，东风市公安局举办“忠诚奉献铸警魂”征文比赛，通知要求下属各单位必须参赛。南湖公安分局把这个光荣的任务派给了刑侦大队。写稿子是个苦差事，加上要稿又急，谁都不愿干，层层甩锅，最终甩到了王三牛身上。

王三牛是全队最年轻的侦查员，资历最浅，再也没法甩给别人。王三牛哪是这块料，让他破案抓人没问题，叫他写文章可要了老命，刀架在脖子上都憋不出二百字。他不会写，但是脑子不笨，活人岂能让尿憋死？

王三牛在网上找了个代写论文的卖家，把征文要求说了。卖家说没有问题，十年老店，信誉保证。经过一番讨价还价，3000 字收费 2000 元，说好三天交稿。没想到只过了一天，卖家就交稿了，洋洋洒洒，文气贯通，思想深刻。王三牛大喜，一字未改，就发到征稿邮箱交差了。

王三牛只是想应付了事，能蒙混过关就行，从没指望获奖。这件事本来做得天衣无缝，神不知鬼不觉，要怪只能怪他运气太好。

评选结果公布，王三牛不幸得了一等奖，除了一个鲜红的证书，还有三千元奖金。王三牛为分局争了光，不费吹灰之力大大地出了一次风头。他的“大作”被放到了市局网站上，在头条位置滚动显示。

半个月后，王三牛接到一个从上海打来的电话，那个人告诉王三牛，他才是那篇文章的真正作者——打电话的人正是丁冲。

丁冲除了写新闻报道，也写一些评论和散文。有时他会在网上搜索自己的名字，了解发表情况，忽然发现自己的文章被人抄袭，作者变成了王犇，还得了奖。文偷的名字、单位都附在文章后面，丁冲顺藤摸瓜，轻易就问到了王三牛的电话。

王三牛大吃一惊，论文是花钱买的，怎么就变成了抄袭？失主都找上门来了，无法抵赖。后来他才搞明白，自己遇到论文奸商了，那个卖家接单后，并没有找人去写文章，而是在网上抄袭了丁冲的文章，转手卖给了王三牛。

王三牛自知理亏，深感惭愧，马上向丁冲道歉认错，恳求他千万别捅出去，并表示愿意赔偿并道歉。丁冲了解了缘由，也是啼笑皆非，见他认错态度诚恳，就不再追究。王三牛再三道谢，并说："哪天你到东风市来出差，一定要通知我，让我尽地主之谊。"

王三牛放下酒杯问："对了，你还没说，要我干啥？"

丁冲说："想请你帮我查一个人。"

"什么人？"

丁冲拿出手机，给他看照片："就是这个人，美尔口腔的老板，牙医，名叫何建军。"

"哼，这孙子跟你有过节吗？"

"没有，我怀疑他的身份是假的。"

"假的？"王三牛愣了下，"你要做深度调查吗？"

"差不多。"丁冲含糊道。

"什么事情，方便透露吗？"

"我怀疑这个人与 12 年前的一桩杀人案有关。"丁冲简要地介绍了当年的枪击案，怀疑罗志文没死，此人可能化名为何建军藏在东风市。关于夏小满的事，丁冲只字未提，说出来他肯定不信，弄不好还会把自己当成神经病。

“哎我去，有这种怪事？”王三牛喃喃地说，“你想查什么？”

丁冲说：“我想核实这个人的真实身份，所以，需要请你帮我查这个人的户籍、银行卡、通话记录等信息，反正能查到的都给我。”

“你报案了吗？”

“没有。”

“冲哥，不是小弟不给力，这个事情有点难办啊。”王三牛使劲地挠着后脑勺，脸上再也没有了刚开始的豪气，“按照正常程序，你应该先向当地警方报案，如果警方觉得有必要调查，会发正式的协查函过来，然后才可以查询。未经合法程序，是不能私自查询个人信息的。”

“有协查函的话，那我找你干啥？”丁冲也不拐弯，直截了当地说。

“也对哈。”王三牛不禁点头，眉头又皱了起来。

“不是特别重要的事，也不敢轻易惊动你啊。”

“冲哥，你就别埋汰我了。”王三牛急忙摆手，“让我想想，这两天答复你行不行？”

“当然可以，不过要尽快。”丁冲笑道。

悟舍茶馆，包厢布置得古朴雅致。

午后的阳光穿过仿古格子窗斜射进来，把小小的茶室切割成明暗两半。宋凯坐在阴影里，茶桌对面的明式官帽椅上，端坐着刑警陈川，阳光把他的脸膛照亮。

陈川这段时间都在忙系列入室盗窃案，手上的案子快结了，刚腾出时间，马上约见了宋凯。二人是校友，宋凯到晴川市刑侦支队实习时，陈川已经是支队的主力侦查员了。宋凯虽是学弟，看上去却比陈川苍老许多。

“陈川，你终于想起来要见我了。”

“你还好吧？”陈川拎起小茶壶，给他倒茶。

“比坐牢好多了。”宋凯似笑非笑道，“就算你不找我，我也会找你的。”

“哦，是吗？”陈川抿了口茶，抬眼望着宋凯。

“我没有杀人，我是被冤枉的。”

“这句话，你说过很多次了。”

“罗志文没死，一定是躲在什么地方。”宋凯微微有些激动。

“你有什么证据吗？”

“暂时还没有。这两年我一直在寻找，早晚有一天我会找到他的。”

“这个人你认识吗？”陈川拿出手机给他看照片。

“认识。”宋凯说，“她叫夏小满，是个作家。”

“2019 年 4 月，她在家中被人谋杀了，你应该知道吧？”陈川直视他的眼睛。

“听说了。”宋凯淡淡地回应，“凶手抓到了吗？”

“还没有。”陈川摇头。

宋凯露出轻蔑的笑容：“你们这些人的办案水平，我早就领教过了，不问我也应该能猜到。”

陈川并不理会他的嘲讽，问：“你认识夏小满多久了？”

宋凯说：“我们是 2019 年 3 月认识的。”

陈川拿起小茶壶，给他的杯子里续满茶水，示意他继续说下去。

“那时，我刚出狱不久，夏小满想搜集写作素材，所以，打电话约我见面采访。她对我的案子很感兴趣，答应帮我寻找罗志文的下落，我负责提供线索。我们各取所需，本来合作得非常融洽。没想到，她突然被杀了。”

“夏小满查到了什么吗？”陈川问。

“她去找过罗志文的父亲，我猜她可能查出了一些重要线索，但是没来得及告诉我，就出事了。”

“你认为，夏小满被害会和这件事有关吗？”

“我怀疑她查出了罗志文的下落，被对方杀人灭口。我说过无数次，罗志文没死，可是你们都不相信我。”

兜了一大圈，宋凯又回到了万年不变的老话题。陈川不想和他纠缠这个问题：“对了，你认识一个叫丁冲的记者吗？”

宋凯摇头道：“不认识，没听过这个名字。”

“你最后一次见夏小满是什么时间？”

“大约是在 2019 年 4 月上旬吧。”

“2019 年 4 月 9 日，你在哪里，见过什么人？”

“都过了两年，不记得了。”

“你认真回忆一下。”

“什么意思？”宋凯忽然脸色大变，“你怀疑是我杀了她？”

“你别激动，不是针对你一个人，凡是与死者有过接触的人，我们都要调查询问。”

宋凯霍地起身，双手往桌上奋力抹去，茶具“乒乒乓乓”地碎了一地。“姓陈的，你们冤枉我坐了十年牢。现在，又怀疑我杀人。好吧，有证据就来抓我吧，老子没时间奉陪。”

宋凯暴跳如雷，摔门而去。

服务员听到动静，赶忙冲进来，脸都吓白了。陈川叫她别担心，摔坏的东西会照价赔偿。

买了单，陈川走出茶馆，去地下室取车。陈川心静如止水，干刑警这么多年，什么事没见过，情绪不会再轻易出现波动了。他有点替宋凯感到惋惜，人到中年，情绪还是这么容易失控。

一个连自己情绪都控制不了的人，怎么控制人生？

刚才问宋凯在夏小满被害当天的去向时，他没有正面回答，反而大发雷霆，稍显反常。宋凯可能真的是愤怒了，也有可能是借发怒掩盖内心的紧张。假如宋凯真的是杀害夏小满的凶手，动机是什么呢？没有道理啊。

或许真如宋凯所说，罗志文并没有死，夏小满发现了他的秘密，于是，罗志文杀人灭口。如果是这样，动机就很容易解释了。

想到此处，陈川不禁倒吸了一口凉气。夏小满被杀案居然会和多年前的枪击案联系起来，真的是大出意料。12 年前，罗志文虽然被认定为遇害，但尸体一直没找到，陈川当初也提过不同意见。没想到事隔多年，自己会再次被这个问题困扰。

罗志文究竟是死还是活？如果没死，去哪里找他？

丁冲和夏小满到底是什么关系呢？他知道得太多了。

26. 罗志文的秘密

夏小满反复比对何建军与罗志文的照片，容貌确实相差很大。

一个人的外貌可以通过手术改变，神态和气质却不容易改变。如果能找一个熟悉罗志文的人，来辨认何建军的照片，说不定能看出点端倪，熟人的感觉肯定更准。

夏小满首先想到了宋凯，但马上就排除了。宋凯对罗志文恨之入骨，判断力容易受情绪影响，认错了人，会出大麻烦的。而且只在 10 年前见过一次罗志文，并不熟悉，万一他直接去找罗志文报复，事情可能会失控。

罗平是绝对不能问的，对宋凯也要暂时保密，找谁呢？

夏小满苦苦思索，猛地想起了田卫琴，差点把这个人忘了。她拨通了田卫琴的电话：“田老师，我是小满。”

“小满，你好！”

“今天有空吗？”

下午，夏小满和田卫琴约在咖啡馆见面。

“田老师，告诉你一个好消息。”

“什么好消息？”田卫琴疑惑地看着她。

“你有没有想过，罗志文有可能还活着？”

“什么？”田卫琴大吃一惊，脸上的笑容瞬间凝固，马上又摇头，“不可能，他 10 年前就死了。”

“我在东风市见过一个叫何建军的牙医，我怀疑他就是罗志文。”

“你百分之百认错人了。”田卫琴非常肯定地说，“他被宋凯枪杀后抛尸，警方都查清了，人死了怎么可能活过来？”

“活要见人，死要见尸。警方一直没有找到罗志文的尸体，这本身就存在疑点，而且宋凯后来也翻供了，否认杀人。”夏小满拿出手机，给她看何建军的照片。

田卫琴一看就笑了：“我说你认错人了吧，这个人怎么会是罗志文，样子完全不对。”

夏小满说：“以现在的医疗技术，整容是很简单的事情。他既然改名换姓，就是怕别人认出来，肯定也会想到去整容。”

“你为什么怀疑他是罗志文？”

“笔迹。”夏小满说，“何建军的笔迹，与罗平家里的快递单上的笔迹非常相似，说明这两个人有关系。”

“光凭笔迹就认定他是罗志文，也太草率了吧，万一这两个人的笔迹相似呢？”

“最后肯定是要由警方去调查核实的，是不是他，做 DNA 鉴定就知道了。如果罗志文没死，宋凯就冤枉坐了十年牢。”

“宋凯知道吗？”田卫琴问。

“暂时没跟他说，我怕他太冲动，所以想先听听你的意见。”

“小满，你做得对。”田卫琴赞许道，“事关重大，确实要慎重，没拿准的事不能随便往外捅。要不这样，你带我去东风市见见那个人，假如他真的是罗志文，不论他整成什么样子，我都认得出来。”

“那再好不过了，田老师，还是你想得周到。”夏小满欣喜道，“你哪天有时间？”

“就这两三天吧，我先向领导请假，还要找别的老师换课，我这边安排好了马上联系你。”

“行，我等你电话。”

落日在波光中动荡下沉。田卫琴回到家中，瘫倒在沙发上，仿佛全身虚脱，夏小满带来的消息让她无比震惊。思索了一会儿，她拿出手机，拨通了一个电话：“志文，现在说话方便吗？”

“方便，你说。”

“你的真实身份暴露了！”

“啊！怎么可能？警察找过你吗？”手机里传来罗志文惊慌的声音。

“是一个叫夏小满的女作家，她说到过你的诊所，见过你，还拍到了你的照片。我暂时稳住了她，还不会这么快告诉警方，不过时间不会拖得太久。”

“我先去外地躲躲吧？”

“不行，只要你躲起来，等于是不打自招。”

“那怎么办？”

“别慌，让我再想想。”

挂断电话，田卫琴窝在沙发里，单手支住脑门儿，头在隐隐作痛，尘封多年的记忆缓缓复苏。

他们是同学，高中就开始初恋，上大学后，又分开了。是田卫琴主动提出分手的，罗志文却对她念念不忘。多年后的同学聚会，二人再次相见，田卫琴正在筹办婚礼，罗志文还是单身。那天，田卫琴喝醉了，罗志文开车送她回家，二人旧情复燃。

宋凯发现田卫琴出轨后，悄悄做了亲子鉴定，逼问她情夫是谁，她知道瞒不住了，只好说出了罗志文。

2009年的那个晚上，宋凯说把罗志文叫过来，商量小孩的抚养问题。很快就发生了争执，宋凯开了枪，罗志文中枪倒地，身上流血。田卫琴扑上去，抱住宋凯，叫罗志文快跑。田卫琴被枪托击中后脑勺，昏了过去。当她醒来时，宋凯不见了，罗志文也不见了。

田卫琴去罗志文家没找到人，电话打不通，单位也没人。罗志文的父亲报了案，宋凯被抓，警方认定宋凯杀人抛尸，然后判刑。

虽然宋凯后来翻供、喊冤，田卫琴始终坚信罗志文是死了的，直到一年前。

2018年初，倒春寒。那个寒风瑟瑟的夜晚，天空飘着细雨，路上行人稀少。田卫琴撑着伞走到小区大门口附近，一个黑衣人突然从后面抱住她，把她推到墙角，捂住了她的嘴。完了！她以为遇上了劫匪，全身筛糠似的颤抖不止。

那人居然叫出了她的名字："卫琴，别怕，我是罗志文！"

这句话更加让她惊恐万丈，她以为遇见鬼了。

那人压低声音说："求求你别喊，我现在松手。"

田卫琴顺从地点点头，他慢慢松开手，摘下口罩。田卫琴转过身，看到一张完全陌生的面孔，与记忆中的罗志文毫无相似之处。寒冷加上极度恐惧，让她的上下牙齿"咯咯"作响，她说："罗志文早就死了，你是谁，为什么要冒充他？"

"卫琴，我真的是罗志文，我没死。"他说出了班上同学和班主任的名字，田卫琴将信将疑，但能感受到此人确实没有恶意，恐惧的潮水渐渐退去。此地说话不方便，他提议去宾馆详谈，他住在附近的宾馆。田卫琴急于解开心中的谜团，便点头同意了。

进了宾馆房间，一席长谈过后，田卫琴终于确信，眼前的这名男子就是罗志文。

多年前的那个晚上，罗志文被宋凯开枪打中大腿，幸运的是子弹只擦伤了皮肉，并未伤到筋骨。趁田卫琴抱住宋凯夺枪时，罗志文推开窗户，从二楼阳台跳了下去，狂奔逃命，慌乱中手机掉了。他不敢回家，在网吧过了一夜，也不敢去单位上班，怕被宋凯追杀。

第二天下午，罗志文正在犹豫要不要回家，忽然看到单位 QQ 群里有人议论：

“你们听说了吗，罗志文昨晚被杀了？”

“啊！不会吧，昨天上午我还见过他。”

“我亲戚就住在那个小区，晚上听到了枪响。今天来了好几辆警车，警察来勘查过现场了。听说他搞了别人老婆，被人家老公杀了。杀人犯是个辅警，已经抓到了……”

那人讲得绘声绘色，仿佛亲眼所见，却不知道罗志文正在群里偷听，他是隐身上线的。罗志文退出了 QQ，心里“怦怦”直跳。这才发现事情闹大了，昨晚的事已传得满城风雨。此时，只要他去向警察说明情况，也许用不了多久宋凯就会被放出来。

问题是，宋凯会放过自己吗？

田卫琴以前就说过，宋凯是个狠角色，情绪极易失控，做事不计后果。这一次，他算是亲自领教了，差一点丢了命。如果宋凯被放出来，弄不好要死在他手里，可能还会报复田卫琴和小孩。想到这里，罗志文不寒而栗。

他摸了摸腿上的伤口，痛得龇牙咧嘴，宋凯就是个疯子！对疯子讲仁慈，就是对自己犯罪。愤怒和恐惧叠加，让他无法平静。

一个报复计划突然萌生：警察现在怀疑宋凯杀了人，杀人是死罪，如果宋凯被枪毙了，不就彻底安全了吗？更妙的是，这个计划简单易行，他不用干什么，只要躲起来不露面就行了。简直是天意！

他没有告诉任何人，连夜离开了晴川市，远走高飞，隐姓埋名。他那么爱田卫琴，愿意为她做出任何牺牲。如果牺牲自己一人的幸福，来换取爱人和儿子的幸福，他觉得超值。

良田十亩，不如薄艺缠身。罗志文是牙医，医术精湛，生存不成问题。每到一处，他就找当地的诊所打工。后来，他整了容，买到了假身份证，改名何建军。拥有了“合法身份”，他再也不用躲躲藏藏了，辗转到了东风市，开起了自己的牙科诊所。

诊所生意不错，他的经济条件越来越好，生活渐渐安稳，对亲人的思念与日俱增。两年前，罗志文偷偷和老父亲联系上了。通过父亲之口，他才知道宋凯被判了十年有期徒刑。为了防止事情败露，他叮嘱父亲不能告诉任何人，并将他的“遗像”挂起来。

还有两个人一直是他的牵挂，田卫琴和儿子小新。他猜田卫琴可能搬了家，让父亲打听到了她的住处。他冒险潜回晴川，在小区门口的马路上守了两天，终于见到了日思夜想的田卫琴。

罗志文坐在宾馆的床上，拉着她的手说：“卫琴，你知道吗？这些年来，我每天都在思念你和儿子，常常在梦里见到你。”

“我也是。没想到你还活着，真的是太好了！”田卫琴用热切的笑容回应。“死去”多年的罗志文突然出现，田卫琴却无久别重逢的惊喜，更多的是担忧，好不容易平静下来的生活，恐怕又要搅得天翻地覆，不知该如何应对，但是不能让他看出来。

“我们的儿子长得很高了吧？”

“小新下半年就要上初中了，长得比我还高，越来越像你。”

“真的吗？”罗志文欣喜道，“我都忘了我以前的样子了。”

“看见儿子你就知道了。”田卫琴笑道。

“儿子在家吗？我想去看他。”罗志文显得有点迫不及待。

田卫琴说：“你现在还不能和儿子见面，孩子太小，怕嘴上不把风。你真的想见的话，明天早上我送他上学时，你站在马路对面看一眼就可以了。”

罗志文觉得她说得有理，虽有些遗憾，但马上答应了。再聊下去，才知道田卫琴一直未嫁，罗志文也未成家。田卫琴问他为什么没结婚，他说：“除了你，我不会再娶别的女人。”

“你呢？”罗志文问。

“我要养咱们的儿子，拖个油瓶，谁要？”田卫琴幽怨地看着他。

“都怨我，这么多年难为你了。”

罗志文说：“我咨询过律师，伪证罪最多判七年。如果我投案自首的话，还能减轻判罚。几年之后，我就能恢复自由身份了。我不想这样暗无天日地过一辈子，我要正大光明地和你在一起。我现在的资产超过500万了，为了儿子的将来，我去自首吧。”

“不行。”田卫琴斩钉截铁道。

“为什么？”

“儿子的养父坐了十年牢，好不容易见到亲生父亲，又是罪犯。我担心孩子承受不了，会崩溃的。”田卫琴说，“还有，宋凯快出来了，如果他知道你没死，还不知道会干出什么事来。”

罗志文身上有孩子气，处理事情更偏向于感性，而田卫琴分析问题更加理性，比他考虑的要全面得多。罗志文痛苦地闭上了眼睛：“难道我只能像老鼠一样躲在暗无天日的地方过一辈子吗？”

田卫琴深情地望着他，柔声安慰道：“你先别急，我也很想和你团聚，总会有办法的。”

罗志文抱住了她，嘴唇碰在一起，二人顺势倒在床上。

第二天早晨，田卫琴照例带着小新到小区门口的早餐店吃早餐。按照事先约定，罗志文已提前在早餐店里等候，当他看见穿着红色校服、背着书包的小新进来时，激动得差点哭了。但是，他不能相认，只偷偷拍了一张照片，然后，目送他们母子离去。

罗志文临走之前，给了田卫琴10万元现金，说是给儿子的学费。

半年后，罗志文又来过一次晴川，还约在原来的那家宾馆见面。

田卫琴以为无人知晓，这个秘密可以守护一辈子，没想到竟被夏小满识破。现在怎么办？必须想个万全之策。

外面天色已晚，门口传来钥匙转动的声音，小新背着沉重的书包放学回家了。看见儿子，田卫琴才想起晚饭还没做，急忙从沙发上起来，系上围裙，走进厨房。

27. 抹掉的轨迹

2021 年 4 月 9 日。

最后一天，丁冲紧盯着手机，焦急地等待王三牛的回音。在夏小满的时空，晚上 10 点过后，晴川市鹦鹉山月亮湾，密室杀人案将再次发生。丁冲要阻止悲剧重演。

一个上午，接了三个骚扰电话后，手机再次响起，丁冲在心里祈祷，千万别又是卖公寓的。

“冲哥，现在说话方便吗？”

“方便，我在家，你说。”丁冲感觉可能有戏，不由得握紧了手机。

“你说的那个人，我查到了他的资料，确实有点不正常。”

资料显示，何建军目前仍是单身，没有配偶和子女，但是只能查到他最近十年的个人信息，户籍也是 2011 年 5 月才登记的。在此之前，他的生活轨迹全是空白。

换句话说，何建军是 2011 年才突然冒出来的，而那年他已经 28 岁了。正常人从出生后就会留下完整的生活轨迹，尤其是成年之后，会办理手机卡、银行开户、宾馆住宿、乘坐火车飞机、不动产登记等，这些行为都会留下痕迹。

出现这种情况，有两种可能：一是由于超生等原因，他在 28 岁之前一直是黑户，直到 2011 年才上户口，考虑到他是医生，这种可能性不大，没有身份就没办法读书、参加高考；另一种情况，就是他以前有一个真实身份，但是弃之不用了，然后通过特殊手段伪造了“何建军”这个假身份，一直到用现在。

丁冲感觉心跳在加速。罗志文是在 2009 年失踪的，如果他潜逃两年后伪造假身份，时间刚好对得上。他又想到另一个问题：“有没有可能是正常的改名字呢？有人嫌父母起的名字太老土，会到公安机关申请改名。”

王三牛说：“一般只有小孩子可以申请改名字，成年人原则上是不允许改名的。退一步说，就算他通过合法程序改了名字，那一定会注明曾用名，但何建军的户籍信息上没有记录曾用名。而且不论改成什么名字，身份证号码是终生不变的，通过身份证号码照样能查到他以前的生活轨迹。所以，合法改名的可能性可以排除。”

王三牛继续说：“还有一点可疑之处，何建军经常打一个晴川的手机号，通话频率是每隔两个月打一次，时间持续了三年，很有规律。但是自 2019 年 4 月之后，他再也没打过这个电话。”

2019 年 4 月，正是夏小满遇害的时间，真相已呼之欲出。丁冲努力压抑住激动的心情，问：“这个号码能告诉我吗？”

“可以。”王三牛报出了手机号，“冲哥，我只能帮到这里了，任何时候都不能说是我告诉你的。”

“那是当然。”丁冲说，“等等，我还有最后一个请求。”

“还有？”

“王三牛，你帮人帮到底，再帮我查下这个手机号的机主姓名。”

王三牛迟疑了片刻，道：“好吧，晚点给你打电话。”

半小时后，王三牛回电话了。机主是一个姓王的女性，57岁，晴川市人。

丁冲不禁大失所望，他满怀信心地以为，机主应该是罗志文的父亲罗平。不对，这个号码登记的机主不是罗平，但是可以归罗平使用啊，这并不矛盾。如何验证呢？

正思忖间，丁冲的手机又响了，是卖商铺的骚扰电话。

挂断电话，丁冲已经有主意了。他拨通了那个手机号："您好！打搅一下，请问是罗平先生吗？"

"你是谁？"手机里传来一个苍老的男声。

他没说"你打错了"，丁冲按捺住心中的狂喜，"我们在晴川市老城区有包租二十年的商铺出售，您有兴趣了解一下吗？"

那人说："年轻人，找点正事干吧，以后别打骚扰电话了，我老头子哪有钱买商铺？"

不等丁冲回话，电话就挂断了，看样子他也经常被骚扰电话轰炸，很有经验。丁冲刚开始直呼其名，他并未否认，此人就是罗平。为了不被别人发现，罗平用了别人的名字办理了手机号，用来与儿子罗志文秘密联络。

夏小满的猜测没错，罗志文果然还活着。

与此同时，陈川也开始行动了。

王三牛查出何建军的身份疑点，发现案情重大，不敢隐瞒；告诉丁冲之后，马上又向上级做了汇报。东风市警方立刻向晴川市刑侦支队通报警情：本市发现一名可疑人员，怀疑是晴川市枪击案中的"死者"罗志文。

此案的"杀人犯"都刑满出狱了，12年之后，忽然传来"死者"复活的消息，此事非同小可。陈川立即派人赶往东风市调查核实，与此同时，他带领几名刑警直扑罗平家中。

罗平看见警察从天而降，来势汹汹，意识到大事不妙。警察虽然以前也来过多次，但从没有用那种犀利的眼神看过他，事情可能败露了。罗平本来就心虚，稍作抵抗就吐出了真相：罗志文的确还活着，就是那个牙医何建军。

派往东风市的刑警仍在飞驰的火车上，当地警方已将罗志文控制起来，就地审讯，最新进展正在陆续传来。两地警方紧密协作，随时沟通情况。

罗平被带回支队，两名刑警在给他做笔录。

陈川脸色阴郁地抽着烟，心情复杂。今天上午，陈川升任大队长的公示文件贴出来了，公示期一过，那个“副”字就可以去掉了。他表面装着平静，内心一直沉浸在喜悦之中。此时，忽然接到东风市警方的电话，好似当头一棒，几乎砸得他晕头转向。这个案子关系到他的前途，处理不好，任命程序随时会中止。

当年，没找到罗志文的尸体，陈川心里就有点不踏实，怕什么来什么，果然出了幺蛾子。12 年前的枪击案即将真相大白，“亡”者归来，还不知道网上舆论会炒成什么样子。

2019 年的密室杀人案，会不会与罗志文有关呢？

夏小满在被害之前，的确是在调查枪击案，同时，寻找罗志文。这条线索丁冲向他提醒过，从宋凯口中也得到了证实。

陈川特别提醒东风市刑警，在审讯罗志文时，要重点查明他在 2019 年 4 月 9 日的去向。

正思忖间，陈川的手机响了，是丁冲：“陈警官，我知道凶手是谁了！”

28. 大雾预警

2019 年 4 月 9 日。

夏小满中午小睡了一会儿，开车去 4S 店补漆。前两天倒车时，不小心撞到后保险杠，剐掉一块漆，把她心疼死了。工作人员说，补漆工时较长，车子要留在 4S 店过夜，次日下午才能拿到。正好，黄恬恬约她明天去逛商场，夏小满叫她明天到山上来接，逛完商场就可以去拿车，两件事一起办了。

车子送进维修车间，夏小满接到了宋凯的电话，宋凯问她有没有时间见面，地点还是上次的咖啡馆。她说在 4S 店修车，马上打车过去。宋凯说："不用了，我借了朋友的车在手上，现在去找你。"

夏小满坐在休息区喝茶等候，时间不长，宋凯就到了。

"夏作家，很久没听到你的消息了，最近有什么收获吗？"

"后来，我又去过罗平家，感觉是有疑点，不过，现在还不能确定。"

"你查到什么了？"宋凯追问。

"可能过几天就会有确切消息了。到时，我再告诉你。"

"你说说看，也许我可以帮你分析分析。"

“你呢？”夏小满把问题抛了回去。

“我找过他以前的几个同事，从侧面打听，也没问到什么。别让我找到他，老子非扒了他的皮不可。”

“你有没有想过放下仇恨？不管罗志文是死还是活，时间都过去这么久了，老活在那件事的阴影中，对你也不好，你以后的人生还长。”

“你没有经历过我的遭遇，所以，才会劝我大度。”

夏小满被他愤怒的样子惊着了，目光望向别处。

宋凯平复了情绪，道：“辛苦你了。”

“其实，我也有我的目的，并不完全是为了帮你。”夏小满坦诚道。

“但是，我们的目标是相同的，寻找真相。”宋凯看着她的眼睛说，“我没有朋友，现在你是我唯一可以信任的人。”

“谢谢！”

宋凯提议开车送她回家。夏小满说：“不必了，我打滴滴就可以，很方便的。”她起身抓起了包，拿出手机一看，立即傻眼，手机没电了。

宋凯看出她的窘态：“这个地方太偏，打出租也不方便，反正我也没什么事，送你一趟也是应该的。”

“那就麻烦你了。”

宋凯开的是一辆黑色大众，车子很旧，内饰也脏兮兮的，落满了烟灰。夏小满坐上了副驾驶位置，方便指路。宋凯开车快而稳，一看就是老司机。

“我特别羡慕你们这些会写作的人。其实，每个人都有独特的生活阅历和感受，会有倾诉和分享的欲望，可是我一个字都写不出来。”

“你刚才就讲得很好啊，只要把你想说的话写出来，就是很好的文字。”

“哪有那么容易？”宋凯笑着摇头，“我用嘴说话没问题，要让我动笔写字，脑子马上就会短路。”

车子右拐，进入烟波大道，前面都是盘山公路，车速慢了下来。

宋凯问：“别人都喜欢住城里，你怎么往山上跑？”

夏小满说：“我父母都在泰国，只留下我在国内。我喜欢一个人清静，特意在山上找了个房子，无人打扰，无拘无束，可以安心写作，我觉得很好。”

“好是好，不过千万要注意安全，坏人比你想象的要多。”

“谢谢！我会注意的。”

“一个人待久了，会不会孤独？”

“不会，除了读书写作，还有小翠陪我。”

“小翠？”宋凯扭头看她一眼。

“小翠是一只猫，很可爱。”

宋凯笑了：“猫是君子，不会像狗那样刻意去讨好人。我觉得猫比狗更聪明、更可靠，别看它外表高冷，其实心里雪亮，它什么都知道。”

“你也喜欢猫？”

“嗯。”宋凯点头，目视前方，“我在监狱服刑时，一只流浪猫经常在我的住处附近转悠，我每天吃饭就留下一点饭菜喂它，慢慢地我们就熟了。它是我最好的朋友，陪我度过了最难熬的三年，后来，病死了。”

收音机里在插播天气预报：“晴川市气象台 2019 年 4 月 9 日发布大雾红色预警：预计今晚到明日中午，全市大部分地区将出现能见度低于 50 米的强浓雾天气，请注意防范……”

“要起雾了。”夏小满喃喃地说。她想起明天还约了黄恬恬逛街，恐怕要改时间了。

“大雾天别随便出门，很危险。有一年冬天，我们去乡下抓人，当时，也是我开车，半夜回来时遇到大雾，那时没导航，路况不熟，走错了路。我看到前面一块平地，想在那里掉头，差点就开下去了。你猜那是什么？”

“什么？”

“一个满满的水塘。”宋凯笑道，“幸亏我那个同事稳重，坚持要下车去看看，不然，我们那天都要喂鱼了。”

走到岔路口，夏小满伸手指向前方：“前面左转就到了。”

29. 越狱

2021 年 4 月 9 日，下午。

丁冲心里着急，车子开得极快，卡罗拉在车流中左冲右突。

罗志文还活着。凶手很可能就是罗志文，动机也很充分，夏小满发现了他的秘密，因而被灭口。

接到王三牛的电话之后，丁冲本来想立即通知夏小满，防范罗志文。他想起了高更之前的提醒，决定暂缓。这毕竟是推测，还不能百分之百确定，如果弄错了凶手，导致夏小满防错了人，反而凶多吉少。

丁冲也想过，编个理由叫夏小满今晚不要在家住。但他以前劝阻夏小满改变行动计划，试图阻止历史事件发生时，每次都以失败告终。他需要确凿的证据，才有可能说服她相信。

罗志文是不是凶手，现在只有警方可以查证。

鹦鹉山月亮湾，密室谋杀案将在今晚 10 点之后发生，时间还来得及。丁冲给自己设定了最后时限，如果在天黑之前，还无法确定罗志文是否是凶手，就不管三七二十一了，把全部真相告诉夏小满，叫她小心防范。

能否改变历史，他并无十足的信心，但无论如何必须做最后一搏。

丁冲赶到刑侦支队，陈川正坐在办公桌前接听座机电话。

接完了电话，陈川问：“你知道凶手？”

“凶手就是罗志文。”丁冲说，“2009 年枪击案发生后，罗志文的尸体一直没找到，他其实没死，而是逃走了。他欺骗了所有人，连警方也上当了。”

“哦，”陈川淡淡地说，“你怎么知道罗志文还活着？”

“我见过罗志文，他整了容，化名为何建军，躲藏在东风市做牙医。”

“你凭什么认定他是凶手？”

“案发之前，夏小满一直在调查枪击案的真相，发现罗志文还活着。她刚发现这个秘密就被谋杀了，如果罗志文不是凶手，为什么时间会这么巧？最合理的解释就是：罗志文害怕阴谋败露，所以杀人灭口。”

“你都是你的猜测，有证据吗？”陈川面无表情道。

“暂时没有。”丁冲说，“陈警官，你现在通知东风市警方，立即抓捕罗志文审讯，马上就能见分晓。要快！”

陈川却不着急，慢悠悠地点着一支烟，吸了一口，道：“对了，这些事情你是怎么知道的？”

“我说过，我有特殊的消息渠道。”

“2019 年 4 月 9 日，你在哪里？”

“那时我在上海，我是 2019 年 4 月 13 日才到晴川来工作的。”

“你记性真好，两年前的事都记得这么清楚。”陈川似乎有弦外之音。

“记性太好不是什么好事，只会徒增烦恼。”

“刚才你说是 2019 年 4 月 13 日才到晴川来的，谁能证明？”陈川把烟头摁进烟灰缸，目光突然锐利起来。

“什么意思？”丁冲猛地反应过来，这简直太好笑了，自己跑来告知重要线索，居然被猜疑，“陈警官，你不会是怀疑我杀了夏小满吧？”

“你刚才说的这些，除了被害人夏小满之外，只有凶手知道。”

“我有我的调查方式，记者履行职责，不需要警察批准吧？”

“我去过你们报社，10 天前你就被开除了。”

“原来你一直在暗中调查我？”丁冲有些愤怒。

“凡是与此案有关的嫌疑人员，我们都要依法调查。”陈川也不再隐藏，把话都挑明了，“当然，也包括你。”

丁冲意识到事情不妙，向门口瞥了一眼，发现刑警小侯背着手守在门口，退路已被封死。他倒吸一口凉气，脑子在飞速转动，再这么拖下去，时间耗不起。事到如今，不说出实情也不行了。

“平行宇宙听说过吗？我知道这么多案情，其实是联系上了另一个时空的夏小满，那个时空是 2019 年，和我们相差整整两年，那个时空的夏小满现在还活着……”

陈川不说话，冷冷地看着他，头顶上仿佛冒出一个漫画里的对话框：“忽悠，接着忽悠。”

“你不信？我现在就给她打电话。”

陈川当然不信，却也不急于反驳，抬了抬下巴，示意他打电话。

丁冲拿出手机，开始拨打夏小满的电话……

此时，夏小满正坐在宋凯的车上，放在包里的手机已经没电了。

陈川办案无数，什么花样没见过，这种把戏还是头一次见到，刚才被唬得一愣一愣的。丁冲还想拨第三遍，陈川的耐心已到了极限，给小侯使了个眼色，大喝道：“别演戏了。拿下！”

丁冲见势不妙，想夺门而逃，却被小侯堵住。二人一起冲上去，把丁冲按在墙上。

丁冲无法动弹，急得大叫：“你们想干什么？”

陈川冷笑道：“丁记者，哦，不对，你现在不是记者了。不得不佩服，你编的故事很有想象力，不写小说真的是屈才了。”

“陈警官，你听我解释，我说的都是真话，绝无半句谎言。”

“有什么话，到审讯室再说，有的是时间给你解释。”

丁冲确实知道得太多，而且时间节点如此微妙。警方刚发现罗志文的线索，他就跑来说罗志文是凶手，陈川不由得不起疑心。何况现在是他的升职公示期，任何一点细小的失误，都是他无法承受的代价。为了稳妥起见，陈川决定先把他扣起来再说。

小侯把丁冲铐起来，先搜身，将他身上的手机、钱包、钥匙、皮带等全部拿下来，然后把他送进了审讯室。

丁冲扶着铁栏杆大叫：“凶手是罗志文，你们不去抓凶手，凭什么关我？”

陈川说：“实话告诉你吧，罗志文已经落网了。你刚进门时，我正在接听东风市警方的电话。现已查明，2019 年 4 月 9 日下午，罗志文在诊所被患者家属打伤，双方去芳草路派出所调解，晚上 10 点签署了调解协议。也就是说，案发当晚 10 点，罗志文还在东风市的芳草路派出所。从东风市到晴川市，最快的高铁也要三个半小时，两地不通航班，他不可能跑到晴川来杀人。你口口声声说罗志文是凶手，是想转移侦查视线吗？”

“谁会轻易承认杀人，他胡编乱造的，你们也信？”

“好吧，看来你是不见棺材不落泪。”陈川拿出几张复印件，递给丁冲，“这是传真过来的调解协议书，自己看吧。”

调解协议书上有双方当事人的签名和手印，罗志文当然签的是“何建军”。确实没错，白纸黑字，还有调解民警的签名，丁冲张口结舌。

“丁冲，该演的戏你都演了，现在好好想想，交代自己的问题吧。”

东风市那边，对罗志文的审讯又有最新进展。陈川接到电话匆忙走了，只留下小侯留在审讯室看守。

审讯室只有个围棋盘大小的窗户，高度超过两米，还加装了防盗窗。外面天色渐暗，丁冲望着小窗，心急如焚。不能再拖了，不管凶手是谁，必须尽快通知夏小满防范。

丁冲说："警官，麻烦你把我的手机拿来，我有急事要打电话。"

小侯说："想都别想。你现在不能与外界联系，要是你打电话串供，毁灭证据怎么办？"

"我开免提，我说什么内容，你也可以听啊。"

"少来这套，老实交代自己的问题。"

丁冲又哀求了几句，只好死心。他强迫自己冷静下来，屈膝而坐，双手抱住头，苦苦思索。

罗志文不是凶手，那会是谁呢？

那些过往的细节，犹如黑暗中幽灵的喃喃自语，在脑海里回荡、碰撞。马东升、宋凯、黄恬恬，几个名字在眼前滚动。

都不对，他闭着眼睛摇头。

熟人作案，有反侦查经验，最符合条件的是宋凯，但他没有作案动机。夏小满遇害，最大的受益人是罗志文，罗志文有充分的动机，却没有作案时间。还会有谁呢？

忽然间心念电转，他猛击墙壁，怎么把这个名字漏了？

田卫琴！

她认识夏小满。田卫国和宋凯都在刑侦部门工作过，在朝夕相处的过程中，她学到一些反侦查知识再正常不过。熟人作案，有反侦查经验，这两个特征，田卫琴都具备了。

她有作案动机吗？

与罗志文关系最密切，愿意帮他掩盖秘密的人只有两个：一个是他的老父亲罗平，另一个就是田卫琴。只要罗志文的秘密不暴露，田卫琴也是间接受益人。

现在只差最后一环了：2019年案发之前，她是否知道罗志文还活着？

丁冲努力搜寻记忆。罗志文电脑上的那张照片再次在脑海里浮现，一个穿着红色校服的男孩，好像在哪见过……想起来了，是田卫琴的儿子小新！

田卫国生日那天，丁冲见过小新，但小新那天穿的是白色校服。都是春秋夹克装，为什么会有两种颜色？穿红色校服的小新明显年龄更小，那就好解释了：红色的是小学校服，白色的是初中校服。

罗志文在小新读小学时就拍到了这张照片。

小新现在读初三，即将参加中考，把时间倒推回去，可以得知小新是在2018年9月上的初一。也就是说，罗志文在2018年9月之前见过小新。罗志文逃亡时，小新才三岁，如果没有田卫琴介绍，不可能认出小新。

密室杀人案发生在2019年4月，事实很清楚了，田卫琴在案发前就见过罗志文！

当然，这张照片也有可能是由田卫琴拍摄，然后，发给罗志文的。这同样能证明，她在案发之前就知道罗志文还活着。

丁冲拼命拍打栏杆，大喊道："我知道凶手是谁了。"

小侯急忙问："谁？"

"田卫琴。"

小侯显然不信，嗤之以鼻道："还有谁，干脆想好了打包说吧，免得浪费精力。"

丁冲彻底绝望，现在说什么他们都不会相信了。小侯也不着急，拿着手机看小说，时间在一分一秒地流逝。

过了许久，丁冲喊："警官，我交代。"

小侯问："这次又想到哪个凶手了？"

"我！夏小满是我杀的！"

“你等一下。”小侯脸色大变，马上给陈川打电话。

陈川赶到审讯室，听说丁冲这么快就招供了，脸上反而露出狐疑。“丁记者，真的是你干的？”

“是我。”丁冲点头。

“说吧。”陈川点着一支烟，歪头看着他。

“我不放心你们做记录，我要写亲笔供词。”

陈川没想到他会提出这种要求，愣了一下。

“我是记者，文字表达更准确。”

“行，你想写就写吧，作案过程要尽量写详细。”陈川转身吩咐小侯，“给他拿纸和笔来。”

丁冲把戴着手铐的双手举到胸前：“陈警官，你看这个……”

不解开手铐确实很难写字，陈川拿出手铐钥匙，刚要递进去，又缩了回来，目光凌厉地从他脸上扫过：“老实点，别耍花样！”

“这么粗的铁家伙，我能耍什么花样？除非变成苍蝇飞出去。”丁冲哈着腰说，脸上写满了诚恳。

丁冲真诚的笑容并未瓦解陈川的戒心。他还是不放心把钥匙交给丁冲，于是自己拿着钥匙，双手伸进铁栏杆，帮他解开了手铐。丁冲左右手互相交替抚摸手腕，感激涕零的样子：“谢谢陈警官！”

小侯拿了稿纸和笔过来，隔着栏杆递了进去。

丁冲双手恭恭敬敬地接过纸和笔，后退两步，稿纸扔在地上，拔出了圆珠笔的笔帽。“二位警官，仔细看清楚了！”丁冲笑容灿烂，右手拇指和食指捏住笔帽，举到唇边，张开了嘴巴。

陈川发现上当，脸色大变，怒吼：“你想干什么？我警告你，别乱来！”说话时，他的右手已探至腰间，摸到钥匙。

“不知这笔帽是啥味道。”丁冲像吃糖豆一样，轻巧地把笔帽丢进嘴里，然后用手捂住嘴，弯腰，用力吞咽。他剧烈地干咳，脸憋得通红，额头上沁出细汗，泪花飞溅。

“哐当”铁门打开，陈川和小侯冲进去，别住丁冲的双臂，把他按在地上。

丁冲咧嘴笑道：“味道还不错，你们要不要尝尝？”

“哎呀，快叫救护车！”陈川的头都大了一圈，急得手忙脚乱。警察办案最怕遇上这种倒霉事，嫌疑人在被关押期间自残，办案警察难辞其咎。挨个处分算小的了，倘若后果严重，可能会涉嫌渎职罪被起诉。

救护车赶到后，陈川和小侯押着丁冲去医院。在医院做检查时，二人寸步不离，紧随左右，楼上楼下跑得满头大汗。

穿过走廊，丁冲抬头看墙上的电子钟，时间已过了 9 点。

检查完毕，回到急诊室，一个五十多岁的光头医生拿起 X 光片，反复看了几遍，眉头紧皱：“奇怪，食道和胃内都没有发现异物。”医生问丁冲，“小伙子，你到底吞了什么东西？”

丁冲手摸着肚子，皱着眉说：“我什么都没吞，真的！”

陈川急忙插话：“医生，别信他的鬼话，这个人狡猾得很，我们亲眼看见他把笔帽吞进肚子里去的。”说完，他看了一眼旁边的小侯。小侯马上点头：“是的，我也看见了。”

医生又看了看 X 光片，拿起笔准备开单子：“先住院观察吧，明天再做一次全面检查。先交 3000 元押金，还需要家属签字。患者家属来了吗？”

“家属？”陈川愣了下，“医生，我签字可以吗？”

医生冷冷地上下打量他：“你是家属吗？患者可能要做手术，如果手术出现意外，你能负责吗？”医生像审问犯人似的连续发问，陈川一脸尴尬，不敢吱声了。

陈川只好问丁冲，能不能通知家属过来。丁冲说，家属在西安，太远了，但是可以通知同学高更过来签字。陈川拿出自己的手机给他打电话，丁冲摇了摇头："我不记得他的电话号码。"

"那怎么办？"陈川对此倒是深有同感，他还没离婚时，就记不住老婆的手机号。

"联系人都存手机里，要把我的手机拿来才行。要不算了，反正我的死活与你们无关，不用你们负责。"丁冲一副爱搭不理的样子，丝毫不把自己的性命当回事。

陈川无奈，只好叫小侯赶回支队，去把丁冲的手机拿来。

小侯刚走一会儿，丁冲就捂着肚子叫喊起来："哎哟，肚子疼，我要上厕所。"

"大的，还是小的？"陈川狐疑地看着他，似乎想从他脸上读出什么信息。

"大的。"

"陈警官，你跟我一起去，我跑不掉的。"

"好吧，我带你去。"

陈川解开他的手铐。丁冲进了厕所的隔间，脱下裤子，在蹲位上蹲下。陈川不准他反锁，只能虚掩门，留下一条缝。陈川站在隔间门外，随时能看到他的双脚，这才放心。

蹲了几分钟，丁冲从牛仔裤兜里搜出圆珠笔帽，扔进马桶，按下冲水按钮。笔帽在水流的漩涡中转了几圈，然后消失不见。

他对医生说的是实话，确实没有吞下笔帽。丁冲在审讯室里只是表演了一个小魔术，把笔帽扔进嘴里是假动作，其实握在手心，当警察慌乱之中打开铁门时，他把笔帽藏进了裤兜。

丁冲的动作很快，加上表演得极其逼真，轻松地骗过了他们。这个魔术是夏小满教他的，他只是把硬币换成了笔帽，没想到关键时刻派上了大用场。

丁冲必须尽快拿回手机，才能给夏小满打电话。时间不多了，他只能冒险一搏，到现在为止，计划已成功了一半。

从厕所出来，陈川再次给他戴上手铐，二人紧挨着坐在走廊的长椅上。时间过了9点半，丁冲满不在乎地嘻嘻笑着，内心却心急如焚。

小侯气喘吁吁地把手机送来了。丁冲戴着手铐，双手打电话的姿势有点别扭，只好握着手机站起来。“喂，老高啊，我是丁冲……”话没说完，他突然神色大变，往左边一指，大喊一声，“什么人？”

陈川和小侯不由自主地往他手指的方向看去，丁冲的脚下早已蓄力，朝反方向拔腿就跑。他们一愣神的工夫就慢了半拍，丁冲已跑出七八米远。

刚才做检查时，他把医院一楼的房间布局、路线都熟记在心。医院大门口正对着马路，路口的绿灯刚放行，潮水一样的车流从门前穿过。

丁冲根本不看左右来车，全力加速，冲上马路。这是最后一次机会，他只能以命相搏。如果能用自己的命换回夏小满的命，他会毫不犹豫地交换。

一辆黑色轿车急刹车，同时向右打方向盘避让，却被后面的车撞上了。紧接着又发生连环相撞，路上顿时乱成一锅粥。丁冲一口气冲过了马路，两个警察还被挡在马路对面，这让他获得了喘息的机会。

丁冲边跑边给夏小满打电话，话筒里传来不紧不慢的“嘟嘟”声，连续打了几遍，无人接听。他只好发微信留言：“看到田卫琴立刻报警，她要杀你，就是今晚！”

发完信息，陈川和小侯一前一后地追上来了。

丁冲继续奔跑，不时地瞟一眼手机，期待的回音一直没有出现。小满，快回信，你千万不能有事！他每跨出一步，心就往下沉一格，渐渐坠入黑暗的深渊。

他的双眼开始变得模糊，不知道是汗水还是泪水，廖星辰和夏小满的笑容在脑海里交替出现。

他已经失去了一个爱人，绝不容许再失去一个。

丁冲不敢去想最坏的结果，如果夏小满遭遇不测，他这一生将会变得毫无意义。

30. 猫看见我了

2019 年 4 月 9 日。

外面天已经黑了，田卫琴没有心思做饭，厨房里的锅灶都是冷的。她给小新叫了肯德基外卖，小新欢天喜地吃完饭就被关进房间写作业去了。

客厅的电视正在播晚间新闻，田卫琴无力地靠在沙发上，一句话也没听进去。自从那天夏小满告诉她，发现了罗志文的秘密之后，她晚上再也没有睡着过，黑眼圈大得吓人。人到中年的她，总是容易被往事惊吓。

宋凯发现她出轨后，立即去做了亲子鉴定。当宋凯把鉴定报告甩到她面前时，她只能承认是罗志文的孩子。每个人都有秘密，那是她准备带进骨灰盒的秘密——小新的亲生父亲不是丈夫宋凯，也不是罗志文。

那是一次酒后放纵的苦果。她并不爱那个男人，天亮之后，就分手了，她甚至忘了问他的名字。她想过把孩子打掉，但那时，她和宋凯已到了谈婚论嫁的阶段，实在找不出合适的借口。

警察最常见的职业病是疑心重，善于寻找蛛丝马迹，不轻易相信别人。宋凯虽然不是正式在编警察，嗅觉的敏锐性却不比她哥哥田卫国差。她担心弄巧成拙，反而让宋凯起疑，于是“奉子成婚”。

田卫琴怀着不知是谁的孩子嫁给了宋凯。

那一夜枪响之后，罗志文死了，宋凯入狱。这样的结局，对她而言其实不算太坏，她守住了秘密，也保住了最后的颜面。她从未爱过罗志文，只是迷恋被男人宠爱的感觉，像沾上毒品一样不能自拔。

她最爱的是自己。

罗志文突然“死而复生”，着实让她惊慌失措，但是她很快发现，幸运女神再次眷顾了自己。罗志文事业有成，居然还是钻石王老五，仍然对她痴心不改。

罗志文第二次潜回晴川，又带来了一个意想不到的惊喜。他打算把所有的钱都买入房产，登记在她和小新的名下。罗志文用假身份生活，强烈的不安全感始终在心头萦绕，把财产转给儿子自然是最合理、也是最放心的安排。

500 万元啊，以前只有买彩票时才敢做的梦，即将变为现实。从那时起，田卫琴开始关注房地产行情，还经常参加房产投资讲座，为接收资产做好准备。

偏偏在此时，意外发生了，夏小满挖出了罗志文的秘密。

罗志文得知消息，大惊失色，惶惶不可终日。他不想再逃亡了，早就厌倦了这种生活，像阴沟里的老鼠一样东躲西藏。那就只剩下两条路可走：要么等警察来抓，要么投案自首。他想了一夜，决定投案自首，用几年的牢狱生活换取一生的自由，不算太吃亏。

田卫琴坚决反对！

可是，自由的诱惑太大了，罗志文已经吃了秤砣铁了心。田卫琴苦劝不成，只好退而求其次；叫他再等两天，看事情有没有转机，到时再投案不迟。罗志文答应了。

田卫琴其实另有打算。不论罗志文将来被抓还是投案，有一个结果是必然不变的：他肯定要恢复真实身份。到那时，他就不必急着转移财产了，原来的基础已经不存在了。

更麻烦的，是等他将来恢复了自由，会不会像宋凯那样悄悄地去做亲子鉴定呢？这种可能性极大，男人在这方面都非常小心。就算他不多想，身边的亲戚朋友也会提醒，毕竟小新不是婚生子女，前面还发生过那么多的故事。

那是最糟糕的结局，必须想办法阻止。

如果夏小满死了，这个秘密就无人知晓。罗志文就不必自首，继续以假身份生活，一切照旧。罗志文将来赚的钱，都是她和小新的。

她的哥哥田卫国是老刑警，前夫宋凯是警院毕业生，田卫琴耳濡目染多年，早就懂得怎样杀一个人而不留下任何证据。

手段不是问题，她缺乏的是勇气和决心。

田卫琴抬头看电视，正在播天气预报：“晴川市气象台 2019 年 4 月 9 日发布大雾红色预警：预计今晚到明日中午，全市大部分地区将出现能见度低于 50 米的强浓雾天气，请注意防范……”

天赐良机，不可错过！

她看了一眼桌上的跳绳，那是买给小新练习用的。她走到阳台，薄雾如轻纱，轻拢慢移，在慢慢累积扩散。

晚上 9 点，田卫琴走出家门，钻入了茫茫大雾之中。

不能打车，不能打电话，不能留下任何痕迹。那天，夏小满约她见面时，本来是说好去夏小满家的，她临时有事走不开，又改在了咖啡馆。她手机上还留着夏小满家的微信地址，导航显示，步行约两个小时就能到。

在等待田卫琴的这几天，夏小满一刻也没闲着。

枪击案的调查报告整理好了，随时可以交给警方。小说也已构思成型，故事大纲写完了，设置了四次反转，主人公会遇到三次大危机，冲突激烈，悬念迭出。现实生活中，人们都讨厌麻烦，希望万事如意，而小说的主人公必须麻烦缠身，否则作者就麻烦了。别人花钱读你的故事，就是想看主人公如何九死一生。

这是她写作以来，收集素材最充分的一次，她有一种预感，这将是她出道以来最好的作品。果然，谷健看完大纲后超级满意，催促她尽快动笔，打算小说和剧本同时开发。

夜幕深沉，浓雾弥漫，鹦鹉山仿佛悬浮在空中，宛若仙境。

夏小满在橡木书桌前坐下，打开笔记本电脑。

Word 页面显示比例调到 159%，五号宋体字，单倍行距。她写处女作就是这么设置的，大获成功后，这个习惯就保留了下来，变成了她的固定写作模式。这也是她的日常小迷信，她不觉得迷信有什么不好。

写作，本身就是一种迷信。一个作家，只有相信自己会写得越来越好，迟早会获得读者和市场的公平对待，才有坚持写下去的动力。

手机照例调成静音，放到客厅。作家进入小说的世界后，就等于登上了月球，与地球失去了联系，不能受到任何干扰。除非房子起火，绝不分神。

小说不见得要真实，但必须合理。

故事情节已酝酿成熟，人物仿佛就站在面前。她决定从高潮部分写起，手起指落，文字如陈年普洱般顺滑。不到两小时，就在屏幕上落下了 5000 字。

外面传来清脆的敲门声。什么人？她立刻想起了马东升，全身的汗毛都竖了起来。

她鼓起勇气，走到门后，对着猫眼往外看，心里紧绷的弦立刻放松。是田卫琴。

开了门，夏小满疑惑道：“田老师，这么晚，你怎么来了？”

田卫琴笑道：“晚上和几个朋友在附近喝茶聊天，我估计你没这么早休息，就过来看看你，顺便聊聊胡钰琳的学习情况。没打扰你写作吧？”

“没有。”夏小满口是心非道。

二人并肩坐在沙发上。田卫琴说胡钰琳思想越来越偏激，除了语文课别的课都不愿上了，很让人头疼。夏小满说，这孩子有灵气，叛逆期过了就好了。田卫琴似乎不急着离开，有一搭没一搭地聊着。

夏小满慢慢回过神来，深更半夜，外面大雾弥漫，她连个电话都没打，突然登门，应该是要谈罗志文的事吧。

夏小满问：“我们什么时候去东风市？”

田卫琴说：“我已经请好了假，明天上午就可以出发。”

怎么不早说？夏小满觉得有点突然：“我都没准备好，车票还没买呢。”

“车票不用担心，不是热门线路，随时能买到。”

“你觉得罗志文有可能还活着吗？”

“不可能。”

小翠跳到了茶几上，伸了个懒腰，一双蓝宝石似的眼睛凝视着田卫琴。

田卫琴说：“小猫真可爱。”

夏小满说：“它叫小翠，是个吃货，还会偷吃狗粮。”

“它怎么老盯着我，不会咬人吧？”

“不会。”夏小满笑道，“小翠通人性，外冷内热。别看它是只猫，性格却有几分像狗，见过一次的人就能记住，下次看到你就会很亲热。”

“这么聪明的猫啊！”

小翠似乎听懂了人类的夸奖，得意扬扬地伸出前爪，拨弄夏小满放在茶几上的手机，像猫戏老鼠似的。夏小满制止不及，手机掉在地上。

“小翠，你又顽皮了。”夏小满嗔怪道，弯腰捡起手机，顺手按下解锁键，微信图标上显示有九条未读信息。她点开了微信，赫然发现这九条信息全是丁冲发来的，密密麻麻地布满屏幕，而且内容都是一样的：

“看到田卫琴立刻报警，她要杀你，就是今晚！”

夏小满心里“扑通”一下，不由自主地瞟了她一眼。

目光接触的瞬间，田卫琴似乎有所察觉，眼睛瞄向她的手机：“这么晚了，谁给你发消息啊？”

夏小满慌忙按下锁屏键，把手机倒扣在手心，心跳如擂鼓。她随口编了个谎言：“恬恬约我明天去商场买衣服。”

“明天不是要去东风市吗？”

“哦，我差点忘了。”夏小满心神大乱。

“你的脸色有点难看，怎么了？”

“哎哟，我肚子突然有点疼。”夏小满双手捂在肚子上，一脸痛苦的样子，“田老师，你先坐会儿，我去下卫生间。”

“嗯，去吧。”田卫琴笑道。

夏小满握着手机躲进了卫生间，坐在马桶上，全身战栗不止，马上给丁冲发微信：“田卫琴刚到我家，你是怎么知道的？”

没有回信。她不敢发出声音，继续发文字：

“她的眼神是有点怪怪的，她为什么要杀我？”

“丁冲，快回信！”

她焦急地盯着手机屏幕，心中祈祷丁冲快点回复，却一直没有回音。

田卫琴狐疑地看着夏小满冲进卫生间，然后听到锁门的声音。她不知道夏小满刚刚得到了什么消息，打开手机后，忽然脸色大变。难道她看出了什么？不行，绝不能节外生枝，成败在此一举。

田卫琴进了书房，书桌上是打开的笔记本电脑。她移动鼠标，电脑桌面上有一个名为“宋凯枪击案采访笔记”的Word文档，双击打开，眼睛快速扫描了几行，她按下了删除键。

她从包里拿出跳绳，卷在手中，回到客厅。

小翠跳上了沙发，亮闪闪的眼睛凝视她，“喵—呜—喵—呜”地叫唤，仿佛洞穿了她的秘密。

田卫琴心里直发毛，不敢与它对视。她拿起跳绳，套住它的脖子，勒紧，往上一提，小翠悬在半空中，蹬了几下腿就断气了。

等了10多分钟，夏小满还没出来。田卫琴过去敲门，“小满，你没事吧，怎么还不出来？”

“哎，快好了。”夏小满高声应道，按下冲水按钮，发出哗哗的冲水声。

丁冲还没回信，她拨通了110。

是个女接线员：“您好！晴川市公安局110，请问您有什么需要帮助？”

她用手挡住嘴，压低声音说：“有人要杀我，千万别挂断电话！求求你赶快派人过来，地址是鹦鹉山……”

田卫琴在外面敲门：“小满，你在给谁打电话？一个人在里面嘀嘀咕咕说什么呢？”

“来了，来了。”夏小满大声回应，目光四处搜索，看见洗漱台上有一把剪刀，她把剪刀揣进睡衣兜里。

敲门声越来越紧促，田卫琴贴着门喊话：“出什么事了？你再不开，我要撞门了。”

“咣当”，门撞开了。夏小满惊恐地看着她，脸色苍白如纸：“你想干什么？”

“我以为你出了什么意外，没事就好。”田卫琴笑得很诡异。

夏小满硬着头皮回到客厅，忽然，看见小翠直挺挺地躺在地上，旁边有一摊排泄物。她急忙冲上去，弯腰把它抱起：“小翠，你怎么了？”

田卫琴拿出跳绳，从背后套住了夏小满的脖子，勒紧，用尽全力往后拉。“对不起，我也不想这么做。你不死，我就完了！”

夏小满猝不及防，双手死死地抓住跳绳，两腿用力蹬沙发，想把它扯开，力量却不够。跳绳越勒越紧，她觉得自己要死了。

慌乱中，她想起了剪刀，腾出右手去摸兜里的剪刀，却摸了个空。她脑子里“轰”地一下，完了！手在地上乱抓，忽然触到一个硬物，是剪刀！刚才遭到突然袭击，剪刀掉到地上，她浑然不知。

她握住剪刀，凭着感觉，往脖子后面剪动。“咔嚓”一声，跳绳断成两截。

田卫琴全身的力气都用在双臂上，没想到跳绳突然断开，立时感觉手里一轻，身体失去重心，后仰倒地。“砰”的一声，额头磕在茶几角上，眼冒金星，鲜血直流。

夏小满坐在地上，手摸着脖子，大口吸气，空气重新灌进肺部。她爬起来，向大门口冲去，按下门把手，刚推开一条缝，双脚忽然腾空离地。披头散发的田卫琴又冲了上来，紧紧抱住她的小腿，目露凶光，像发了疯的野兽。

田卫琴骑在夏小满身上，右手小臂牢牢钩住她的脖子。

——丁冲奋力奔跑，双手铐在一起，在胸前左右摆动，手里还握着手机。他跑步的姿势古怪而笨拙，像一只笨鸭子，如果被夏小满看见，肯定要大笑三天。他奔跑的速度却不慢，始终与后面追赶的人保持 200 米左右的距离。后面的陈川追不上，丁冲也甩不掉，双方都已耗尽体力，最后拼的是意志。

夏小满想剥开那双邪恶的手，却发现再也没有力气了，她放弃了反抗，感觉灵魂正在从身体内飞走。据说，人在濒死之时，脑海里会出现闪回现象，一生中的重要画面都会一一浮现。她的意识渐渐变得模糊，往事历历浮现。

她看见一个穿着白皮鞋、花裙子，背着红色小书包的小女孩，牵着妈妈的手第一次进幼儿园。她扶着防盗窗栏杆，看见妈妈离去的背影，哭得肝肠寸断，以为再也见不到妈妈了。

金色的夕阳洒在校园红色的跑道上，她偷偷喜欢了半年的男生向终点线发起冲刺，她喊破了喉咙为他加油，希望得到他的注意。

第一次收到一大笔版税，她兴奋得躺在地板上打滚，把新买的手机屏压碎了，从那天起她决心减肥……

原来人在临死前真的会有闪回，可惜再也没有机会把这些奇妙的体验写进作品了。还有什么遗憾呢？宋凯的枪击案，本来是个极好的素材，写出来肯定会畅销，可惜没办法完成了。

忽然，她看见一个高大帅气、留着小胡子的男生，远远地向她挥手，嘴角上扬，冲她邪魅一笑。是丁冲！她芳心大乱，小鹿乱撞，冲上去想抱住他，丁冲却笔直地向后飘移，离她来越远。要是能见上一面，亲手抱一抱，摸一摸那张帅帅的脸，那该有多好啊！

夏小满感觉身体越来越轻，缓缓闭上眼睛，两行清泪蜿蜒而下。

再见了，丁先生！

——丁冲再次看手机，看见满屏都是夏小满的留言：“田老师刚进我家，你怎么知道？”“她今天的眼神是有点怪怪的，她为什么要杀我？”“丁冲，快回信！”丁冲对着路灯狂笑三声。他忽然想明白，从他接到夏小满的第一个电话起，她那个时空的历史就已经改变了。历史事件是可以改变了，她看到了消息，那么聪明，肯定有办法躲避危险。丁冲放心了。

“警察，不许动！”夏小满猛地听到打雷似的吼声，震得耳膜“嗡嗡”作响，那是她有生以来听到过的最美妙的声音。两个穿警服的壮汉冲进来，一个掏出手枪，指着田卫琴；另一个跨步上前，伸出粗壮的手臂反剪了田卫琴的双手，将她掀翻在地，死死按住。

——丁冲跑不动了，也不想跑了。他双手撑在膝盖上，大口地吸气、呼气，抬头仰望迷离的夜空，居然望见满天繁星，带着花香的晚风拂过脸颊，浑身有说不出的惬意。

远处，陈川转过马路拐角，却已成强弩之末，跌跌撞撞地追来，仿佛随时会倒下，又像是在播放慢动作，动作滑稽可笑。手机电池快耗尽了，丁冲低头按动手机，准备给夏小满回信。

一辆蓝色小货车呼啸而至，丁冲毫无察觉，被撞得飞了起来……

31. 解密

2021 年 4 月 10 日。

窗外晨曦微露，陈川通宵没睡，双眼布满血丝。昨晚派往东风市的刑警到达后，立即传唤何建军，证实此人就是罗志文，并发现了他与田卫琴秘密来往。案件调查取得重大进展，各方情报汇总，田卫琴的疑点骤然上升。

起初，他也怀疑罗志文是凶手。但是很快查明，罗志文案发当晚在派出所调解纠纷，不可能分身到晴川来杀人。丁冲却坚称罗志文是凶手，他早就对丁冲有所怀疑，并进行暗中调查。丁冲的奇怪举动，更加深了他的怀疑，非常时期，为了稳妥起见，决定先将丁冲扣押。

陈川派人去传唤田卫琴时，丁冲却逃跑了。

在证据和强大的攻势面前，天亮之前，田卫琴的心理防线彻底崩溃，供述了全部犯罪事实。月亮湾密室杀人案告破，此时距离案发刚好两年整。

2019 年 4 月 9 日晚，田卫琴借着大雾掩护，步行到夏小满的住处，用随身携带的跳绳先勒死她家的猫，又趁夏小满不备将其勒杀。深更半夜，山上大雾弥漫，她可以从容不迫地清理现场。

这种民房每个房间都有窗户，她检查了所有窗户，把其中三扇关牢，扣紧搭扣，只留下卧室那间的窗户不关。

她找出防盗门钥匙，走到屋外，从外面将门反锁。然后，她把钥匙装进夏小满的 LV 包，走到卧室的窗外，把皮包扔到卧室里的床上。这样，钥匙又回到了室内。

接下来，她要完成最后、也是最关键的一步—制作密室。

她用一根透明的钓鱼线，穿过两片玻璃窗之间的细小缝隙，一头留在外面，另一头绑成一个小环，套在窗内的搭扣手柄上。把两扇窗户推平，关好。这时，她拉动钓鱼线，使搭扣手柄向上转动一百八十度，紧紧扣上。

这个动作有点难度，角度和力度要恰到好处，她在家里练习过。好在她有足够的时间，试了几次就成功了。然后，她轻轻向上拉动钓鱼线，使套在搭扣手柄上的小环脱出，再把钓鱼线全部抽出。密室就制作完成了，不留半点痕迹。

制作密室的目的有两个：一是延缓尸体被发现的时间，时间拖得越久，法医就越难准确推断死亡时间，排查范围势必扩大，这对作案人非常有利。但是她没想到，黄恬恬第二天中午来访，很快就发现了尸体；第二个目的是转移侦查视线，警察会重点怀疑能接触到大门钥匙的人，这个目的确实达到了，警方为此浪费了不少精力，兜了一个大圈，一无所获。

田卫琴带走了夏小满的笔记本电脑和手机，埋在附近的山沟里。然后，她告诉罗志文，花了 50 万元封口费已经把事情摆平了，叫他不用担心。罗志文毫不知情，大喜过望，给她送去了 50 万元现金，继续行医。

根据田卫琴的供述，警方挖出了笔记本电脑和手机，物证也取到了。

2019 年案发时，陈川查过夏小满的通话记录。她与田卫琴有过零星通话记录，但都是谈胡钰琳的学习辅导，理由很正当，也是公开的，因此，未引起重视。宋凯的手机号是用亲戚的身份证办的，所以，也没发现她与宋凯有过联系。

12 年前的枪击案也有新发现。宋凯为了洗脱罪名，谎称是向无人处开枪，目的是吓唬罗志文，并未打中他。事实情况是：他确实打中了罗志文，但罗志文只受了轻伤，趁他与田卫琴扭打时，从阳台跳窗逃走了。

宋凯的故意杀人罪名成立，属杀人未遂，判刑十年并不冤枉，罚当其罪。

遗憾的是，丁冲昨晚逃跑时遭遇车祸，不幸身亡。

还有一个谜团，陈川怎么也想不明白。丁冲没有杀人，只要耐心地等到天亮，就真相大白了，他为什么要拼命逃跑？

丁冲在晴川工作时间不长，最密切的关系人就是同学高更。

高更接到通知后，赶到刑侦支队办公室，敲门进去，心情忐忑地望着闷头抽烟的陈川。突然接到警察的电话，高更已猜到与丁冲有关，打他的手机也打不通。

陈川说：“丁冲昨晚出了意外，没能抢救过来。”

肯定是听错了，高更茫然道：“警官，什么意思啊？”

“对不起！”陈川低头，避开他的目光，“丁冲死了，是车祸。”

“怎么会这样？”闻听噩耗，高更的下颌微微颤抖，“人呢，在哪？我要见他。”

“在医院，等下我会带你去见他。”陈川望了望窗外，又点着一支烟，“2019 年 4 月，月亮湾发生了一起杀人案，被害人是一个名叫夏小满的女作家，你听说过这个案子吗？”

高更点头道：“知道一点，丁冲跟我说过。”

“昨天，他跑到支队来，说知道了谋杀夏小满的凶手，在这个过程中，我们发生了一些误会。”陈川把如何扣押丁冲，以及他假装吞笔帽、设计逃跑的经过都说了，毫无保留。

高更泪流满面，目光饱含愤怒：“他犯了什么罪，你们要这样对他？”

“丁冲没有犯任何罪，而且提供了重要信息协助破案。这是一次意外，谁也不想发生这种事情，我也很难过。”陈川垂下眼帘，重重地叹息，“这件事，我有不可推卸的责任，我会向组织说明情况，请求处分。”

“责任？”高更怒目圆睁，吼道，“人都没了，你能负什么责？”

“对不起！”陈川再次低头致歉。

高更再也不想压抑情绪，像个孩子似的放声痛哭。陈川闷头抽着烟，等他的情绪稍微平静后，从文件柜里拿出一个物证袋，“丁冲的手机、钱包等私人物品都在这里，麻烦你签收，代为保管。”

高更收好物品，坐上警车。陈川开车，向医院驶去。

陈川喃喃地说：“有个疑问，到现在我还是不明白，丁冲是怎么知道夏小满那么多事情的？昨天，他说了些奇奇怪怪的话，说是联系上了另一个时空的夏小满，那个时空的夏小满生活在 2019 年，凶杀案还没发生。他编出这样的借口，可能是有什么苦衷，不便吐露实情吧。”

高更木然地看着前方，默然不语。

“对了，他说是平行宇宙。”陈川扭头看他一眼，“你相信平行宇宙吗？”

高更说：“如果我说我信，你会把我当神经病吗？”

陈川不知如何作答，目光注视前方，专注地开车。

阳光有些刺眼，大街上车水马龙，却秩序井然。放学的时间到了，一群身穿红色校服的小学生，像开闸放水一样喷涌而出，孩子们叽叽喳喳、蹦蹦跳跳地穿过斑马线。

如此美好，仿佛一切从未发生。

32. 永失我爱

2019 年 4 月 10 日。

两个年轻警察把守在病房门口。傍晚的斜阳从窗外射入，给墙上的白色瓷砖镀上了金光，让人感觉温暖、平静。

挂在墙上的电视正在播放新闻：

“近日，科学家公布了人类历史上首张黑洞照片。一个由全球 200 多名科学家组成的团队，通过架设于美国、墨西哥、智利、南极等地的八组望远镜观测，并经由全球多个射电天文台的协作，历时两年，收集并整合出了黑洞的图像数据。

“冲洗这张照片用了两年时间，而人类对它的期待早已超越了百年。从科学意义上说，这也是继人类首次探测到黑洞引力波之后，对爱因斯坦广义相对论的又一有力验证。黑洞之中，由于强烈的引力效应，会发生时空互换，人们可以像走到门口那样轻易地穿梭时间……”

穿着病号服的夏小满靠在床头上，脖子上有一道暗紫色勒痕。警察来过好几次，反复问话、做笔录，忙碌了大半天，此时病房内才安静下来。

警察说她命大，昨晚有两个派出所民警上山办案，刚好被大雾困在月亮湾附近。接到 110 指挥中心电话，他们立刻弃车步行，不到 10 分钟就赶到了夏小满家。

夏小满关掉了电视，扭头望向窗外的广玉兰树。手机放在床头柜上，插着充电线，她在等一个电话。

手机响了，夏小满迅速抓起手机，来电显示是丁冲。

“丁冲，你死哪儿去了？打了一夜电话都不接，发信息也不回，你知道吗？我差点再也听不到你的声音了。”说着她“呜呜”地哭了，像一个丢失了心爱玩具的孩子。

电话里却传来陌生男子的声音：“请问你是夏小满吗？”

“是我。”夏小满止住哭声，“你是谁？”

“谢天谢地！你能接到电话，说明已经没事了。”

“你到底是什么人？”

“我叫高更，是丁冲的同学，我现在是用他的手机给你打电话。”

“我不认识你。丁冲呢？叫他接电话，我有话要跟他说。”

“小满，事情有点复杂，我必须从头说起……”

夏小满粗暴地打断：“叫丁冲接电话！”

“丁冲他……”高更欲言又止。

“他到底怎么了？快说啊！”夏小满急得大叫，心“怦怦”地跳起来。

“对不起，小满！丁冲昨晚发生车祸，没能挺过来。”

“车祸？”夏小满的脑子里瞬间一片空白，忽然大笑起来，“骗子！你是不是捡到了他的手机，接下来该叫我往你的账上打钱吧？昨晚，他还给我打过电话，你的骗术太老土，早就过时了。”她无法接受这种骇人的消息，拼命地给自己找理由，筑起一道坚固的防线。

高更急忙道：“我真的不是骗子，你千万别挂电话，听我说完。”

“你说是丁冲的同学，我凭什么相信你？”她的心紧紧绷着，怕一放松就会胡思乱想。

“没有指纹解锁或开机密码，就算我捡到了他的手机，也无法给你打电话，对不对？”

夏小满沉默。

“丁冲在 10 天前告诉了我开机密码。万一他遭遇不测，让我一定要用这部手机给你打电话，告诉你全部真相。还有，我知道你是另一个时空的人。我这里是 2021 年，你那边现在是 2019 年 4 月 10 日，与我所在的时空相差两年。我没说错吧？”

没错，他说到了最关键的点。夏小满只觉得耳畔“轰隆”作响，她构筑的心理防线土崩瓦解，仿佛掉进无底的深渊，寒冷彻骨。

“小满，丁冲是为了救你而死的。我知道，你很难接受这个噩耗，我失去了最好的朋友，和你一样悲痛。下面，我要讲的故事会很长，有一些是你知道的，有一些你还不知道，丁冲一直在瞒着你调查一件事。在我讲完之前，麻烦你别挂电话。”高更顿了顿，问，“我现在可以讲了吗？”

“请讲，我在听。”夏小满紧咬着嘴唇，全身止不住地颤抖，无声的泪水顺着脸颊蜿蜒而下。

高更从那个月光皎洁的夜晚讲起，丁冲如何接到她的报警电话，然后，发现她被谋杀，决心要改变她的命运，如何瞒着她开始调查真凶，被报社开除；直至昨晚，丁冲为了拿回手机给她报信，不惜铤而走险，不幸遭遇车祸。

高更娓娓地说着，自始至终语调平静，没有起伏顿挫，似乎是在刻意压抑情绪。

惊奇伴着悲伤，绵绵不绝，她没想到自己竟然已经死过一次了。夏小满静静地听着，脸上的泪水怎么也抹不干净。她不再压抑，终于放声号啕大哭起来，哭得惊天动地，泪流成河。

门口的两个警察听到哭声，不知发生了什么事，急忙冲进来，发现夏小满没事，便又回去了。

她和丁冲的故事，曾幻想过无数种浪漫结局，却从未料到会以这种方式戛然而止。她写过各种生离死别，自以为身负才华，此刻，却找不出一个像样的词句，用以表达万分之一的悲伤。

遇见你，很美好！

这是她一生中最美的邂逅。她逃脱了厄运的追击，人生从此改变；可是，往后余生，她再也不会有快乐。她失去了最爱的人。

33. 尾声

2019年4月12日，厦门。

环岛东路，海角七号咖啡厅。上午人不多，丁冲紧挨着落地窗坐下，举目远眺。

天空湛蓝，宛若倒悬的海。

远处水天相接，黛色的岛屿轮廓像大鱼露出的脊背，几艘大船驶出地平线，仿佛来自另外一个世界。海鸥在低空飞翔，忽高忽低，飘忽不定。海浪一拨接一拨，前仆后继，撞击着海岸岩石，卷起白色的浪花。

大学毕业那年，丁冲带廖星辰到厦门旅游，被这里的景色吸引，才走进这家海景咖啡厅。他们坐在这里看海，畅谈人生，憧憬未来，度过了一个美好的下午。丁冲记得，当时也是坐在这个位置，向她求的婚。

丁冲收回目光，拿出一对公仔钥匙扣，一个是戴老花镜的老头儿，另一个是戴老花镜的老太太，憨态可掬。吊牌上刻着同样的字："有空就多读书，多去看看星辰和大海。”游鼓浪屿时，廖星辰在海边小卖部看到这对公仔，喜欢得不得了，当即买下，老太太送给了丁冲，老头儿归了她自己。他们相约，老了再来这里看日出。

面朝大海，物是人非。

那场变故已过去两年了。丁冲辞掉了上海的工作，即将入职晴川新闻网。他先从上海飞到厦门，打算在这里逗留一天，明天再乘高铁去晴川市。

系黑色围裙的女服务员走过来，把他从纷乱的思绪中拉回现实。服务员躬身问道：“先生，喝点什么？”

丁冲说：“拿铁，不加糖。谢谢！”

一名黄衣女子走进咖啡厅，七分铅笔裤，红色高跟鞋，踩在地板上发出有节律的响声。丁冲不由得多看了一眼，此人波波头，鹅蛋脸，挺拔的鼻梁像是削出来的，一双明亮的大眼睛东张西望，像是在找人。

“丁先生，你好啊！”黄衣女子似乎发现了目标，快步走到丁冲面前，一脸惊喜道，“你果然在这里。”

“你好！”丁冲微微点头，礼貌地回以微笑。忽然被陌生人喊出名字，他本能地戒备起来，同时脑子里在飞速搜索：她是谁？

黄衣女子大剌剌地在他对面的藤椅上坐下。丁冲茫然地看着眼前这位不速之客，不再说话，气氛有些尴尬。

“哦，差点忘了，现在你还不认识我。”黄衣女子“扑哧”笑了，“自我介绍一下，我姓夏，叫夏小满。夏天的夏，二十四节气里的小满。”

“夏——小——满？”丁冲喃喃自语，确认记忆中没有这个名字，“不好意思，你可能认错人了。”

“错不了。”

“我们以前见过吗？”

“见过。”夏小满刚点完头，马上又摇头，“也可以说，没见过。”

语无伦次，此人神志可能有点不正常。丁冲身体后仰，靠在椅子上，心里叹息，这么漂亮的女生，脑子居然出了问题，可惜了。

“我知道你的一切，还能预知未来，信不信？”

病得还不轻！丁冲心里这么想，嘴上却说：“你帮人算命怎么收费？”

“分文不收。”夏小满扬起下巴，目光灼灼地看着他，“如果我算得准，赏我一杯咖啡，如何？”

“哦，你都知道些什么？”丁冲用挑衅的目光看着她，摆出要把她当场拆穿的架势。

服务员端来一杯咖啡，轻轻地放在他面前。

夏小满说：“你只喝拿铁，从不加糖。”

丁冲端起咖啡，笑而不语，似乎在说：“就算猜中了，那又怎样？”

夏小满加快语速道：“你叫丁冲，西安人，在上海读大学；然后，留在上海做记者。你明天就要启程，去晴川工作。你所有社交账号的签名都是同一句话：有时间就读书，多去看看星辰和大海。要不要继续？”

丁冲脸上的笑容凝固了，端着咖啡杯的手悬在空中。他叫服务员再上一杯咖啡，然后，示意她说下去。

“你在晴川有个叫高更的同学，是物理老师，你们曾同床共枕三年。你是聊斋迷，你最喜欢的篇目是《叶生》，你最崇拜的体育明星是姚明。我还知道，你高中时的女神是小泽玛丽亚……”

“够了！”丁冲急忙挥手打断，“你究竟是什么人，为什么要刺探我的隐私？”

夏小满似乎不急于回答他的问题，拿出手机瞟了一眼，说：“快了。”

“什么快了？”

她指着窗外的大海说：“现在是10点57分，再过几分钟，海面上会有两艘船相撞。一艘是货船，另一艘是渔船，渔船很快会沉没。”

丁冲转头望向海面，远处几艘船向这边驶来，却并无异常。他收回目光，才注意到她脖子上有一圈紫红色的印记，像是刮过痧的痕迹。丁冲指了指自己的脖子："你这里是怎么回事？"

"跳绳勒的。"

"没事拿跳绳勒脖子玩儿，太疯狂了。"

"是啊，真的很危险，差一点就见不到你了。"

带着职业微笑的服务员端着托盘，向丁冲走来，突然花容失色，手里的托盘"咣当"掉在地上，咖啡洒了一地。

丁冲顺着她的目光望向海面，果然看见两艘船撞在一起。丁冲反应奇快，霍地起身，抓起手机，一脚踢开椅子，向门口冲去。这是重大突发新闻，此地离事发水域很近，以最快的速度冲过去就能拍到沉船照片。

"丁冲，你要去哪？"夏小满急得大喊。

丁冲跑到门口，才想起自己已离职，又折了回来。

渔船开始倾斜，缓慢下沉，船上的人抛下救生圈，跳水逃生。好在是近海，不会有生命危险。丁冲看得真切，惊得下巴差点掉下来。他重新回到座位上，深呼吸几次，努力平复扑通乱跳的心："你怎么知道会撞船？"

"是你告诉我的。"夏小满笑盈盈地看着他，眼波流转。

"我？"丁冲指着自己的鼻子，脸上的惊诧有增无减，简直扯得没边。丁冲越来越觉得此人琢磨不透，从她嘴里说出来的每一句话都像神经病，却都一一应验，真正深不可测。"你到底是什么来头，有什么目的？"

"好吧，我其实是想劝你不要去晴川。我在晴川市生活了 20 多年，那里的冬天雨下个不停，人都会发霉。厦门的阳光如此明媚，海鲜吃不完，你不如留在这里，我也打算搬到厦门来了。"

“我为什么要听你的？”

“今天赶路没吃早餐，我的肚子有点饿了。刚才过来的时候，在路上看到一家日本料理店，要不你请我吃料理？当然，我不会白吃你的，我会告诉你一个匪夷所思的故事。”夏小满直视他的眼睛，“怎么样，丁先生，有没有兴趣啊？”

丁冲略加思索，嘴角掀起一抹微笑：“如果你的故事足够精彩，也许我会考虑你的建议。”

夏小满伸长手臂，端起他面前的咖啡杯，一饮而尽：“我们走吧。”

丁冲看傻了：“那是我的杯子。”

夏小满痴痴地望着他，鹅蛋脸上绽出日出般的笑容：“你的就是我的。”